Série Vaga-Lume

TRÁFICO DE ANJOS

Luiz Puntel

Ilustrações
Natália Forcat

editora ática

Tráfico de anjos
© Luiz Puntel, 1992

Editor	Fernando Paixão
Assessora editorial	Carmen Lucia Campos
Preparadores de originais	Cyntia Maria Maso Panzani
	Genolino José dos Santos
Coordenadora de revisão	Ivany Picasso Batista
Revisoras	Célia da Silva Carvalho
	Luciene Lima

ARTE
Editor	Ary A. Normanha
Diagramação e arte-final	Fukuko Saito
	Antonio Ubirajara
Composição e paginação em vídeo	Maria Inês Rodrigues
	Marco Antonio Fernandes

CIP-BRASIL. CATALOGAÇÃO NA FONTE
SINDICATO NACIONAL DOS EDITORES DE LIVROS, RJ

P984t
8.ed.

Puntel, Luiz, 1949-
 Tráfico de anjos / Luiz Puntel ; ilustrações Natália Forcat. –
8.ed. – São Paulo : Ática, 2000.
 112p. : il. – (Vaga-Lume)

 Acompanhado de suplemento de leitura
 ISBN 978-85-08-04126-8

 1. Novela infantojuvenil. I. Forcat, Natália. II. Título. III. Série.

10-0196.   CDD 028.5
                                      CDU 087.5

ISBN 978 85 08 04126-8
CAE: 229513
CL: 732524
Cod. da OP: 277277

2025
8ª edição
23ª impressão
Impressão e acabamento: Forma Certa Gráfica Digital

Todos os direitos reservados pela Editora Ática S.A.
Avenida das Nações Unidas, 7221 – Pinheiros – CEP 05425-902 – São Paulo, SP
Atendimento ao cliente: (0xx11) 4003-3061 – atendimento@aticascipione.com.br
www.coletivoleitor.com.br

IMPORTANTE: Ao comprar um livro, você remunera e reconhece o trabalho do autor e o de muitos outros profissionais envolvidos na produção editorial e na comercialização das obras: editores, revisores, diagramadores, ilustradores, gráficos, divulgadores, distribuidores, livreiros, entre outros. Ajude-nos a combater a cópia ilegal! Ela gera desemprego, prejudica a difusão da cultura e encarece os livros que você compra.

EDITORA AFILIADA

VENDEM-SE BEBÊS

É, pode parecer incrível, mas existe gente que vive do tráfico de recém-nascidos. Sequestram bebês em maternidades, para vendê-los a casais de estrangeiros que não conseguem ter filhos.

Em Ribeirão Preto, no interior de São Paulo, Aquiles, um jovem repórter da tevê local, vai descobrir uma quadrilha de traficantes de crianças atuando na região. Mas ele não está interessado somente em fazer uma boa reportagem. Ao tomar conhecimento do problema, quer ajudar a polícia a chegar até o chefe dos bandidos.

Nesta aventura emocionante, baseada em fatos reais, você vai descobrir o submundo desse comércio terrível. Não perca tempo. Vire a página para ver — logo no primeiro capítulo — como atuam os traficantes e prepare-se para seguir passo a passo as investigações do decidido Aquiles.

CONHECENDO *LUIZ PUNTEL*

Foi em notícias de jornais que Luiz Puntel se inspirou para a criação de **Tráfico de anjos**. *Autor preocupado com a realidade do país, sempre procura abordar temas atuais em seus romances. Mineiro de Guaxupé, Puntel morou em São José do Rio Pardo, no interior paulista. Adolescente, mudou-se para Ribeirão Preto, onde reside ainda hoje. Por algum tempo, pensou em ser padre e chegou a ingressar no seminário. Depois mudou de ideia e hoje, além de escritor consagrado, sobretudo de textos para jovens, é professor de Português e Redação.*

SUMÁRIO

1.	FUNCIONÁRIA NOVA	9
2.	MEU DEUS! ONDE ESTÁ O RECÉM-NASCIDO DO 303?	12
3.	UM *AURÉLIO* AMBULANTE	13
4.	BRUNO EDUARDO, A VÍTIMA	17
5.	QUE GURI MAIS LINDO!	21
6.	ANA LUÍSA E VÍTOR, JOVENS EM CRISE	23
7.	MAIS UMA VÍTIMA	24
8.	CALCANHAR CONGELADO	27
9.	IRMÃ, QUEREMOS ADOTAR UM *BAMBINO*	30
10.	NINGUÉM FOI SEQUESTRADO	31
11.	MAGRO COMO PÉ DE CANA	34
12.	AQUILES VESTIU-SE DE MULHER	36
13.	FLORES	39
14.	QUEM ROUBOU OS BEBÊS É DONA DE UMA PADARIA	40
15.	LIGEIRAMENTE GRÁVIDA	41
16.	TU CHEGASTE A TER RELAÇÃO SEXUAL COM ELE QUANTAS VEZES?	44
17.	AQUILES GRÁVIDO	45
18.	VOCÊ QUER SER MINHA NAMORADA?	47
19.	VÍTOR, UM ASSASSINO	50
20.	JEITÃO DE PAI QUE NÃO QUER ASSUMIR NADA	53
21.	UM SOCO NA BOCA DO ESTÔMAGO	56
22.	DONA MARLY, A SENHORA ME OFENDE	57

23.	QUEM É O PAI DA CRIANÇA, QUERIDINHA?	58
24.	CASAR?!	60
25.	A FRIA EM QUE JARDIM ENTROU	62
26.	EU ATÉ PROCURO ENTENDER	63
27.	CRISTO TAMBÉM ERA FILHO ADOTIVO	65
28.	HITLER ESTARIA NO JARDIM DE INFÂNCIA	68
29.	VOU PARA PARIS, TIRAR OURO DO NARIZ!	71
30.	VÍTOR É PROIBIDO DE FALAR EM MARGÔ	73
31.	UM RECÉM-NASCIDO VALE DE OITO A QUINZE MIL DÓLARES	75
32.	POSSO SER ESSA MULHER	77
33.	FUNCIONÁRIA NOVA NO HOSPITAL	79
34.	ROSELI, UMA PISTA IMPORTANTE	82
35.	ROUBAM SEUS FILHOS E ELAS TÊM DE SE CALAR	84
36.	AGINDO RÁPIDO	86
37.	FURO OS SEUS OLHOS E OS DE SUA FILHA	89
38.	ESTÃO ROUBANDO MINHA FILHA!	90
39.	DOUTOR, ESTAMOS NESSA DE PONTE	92
40.	MAIS UM BEBÊ A SER NEGOCIADO	96
41.	IRMÃ MARGUERITE, EXEMPLO DE TERNURA	97
42.	REESCREVENDO O *AURÉLIO*	101
43.	BRUNO EDUARDO NA ITÁLIA	104
44.	OUTRO REENCONTRO	106
45.	ENCONTRO DE PAIS E FILHOS ADOTIVOS	107

Luiz Puntel

TRÁFICO DE ANJOS

Este livro é uma homenagem póstuma a Roberto Puntel, meu irmão adotivo; também é uma homenagem a José Rosário e Ezen Ramos Caminitti, pais de quatro filhos naturais e vinte e quatro adotivos; a Ênio e Marly Aparecida Garcia Souto, pessoas que fazem do mundo da adoção um voto de amor ao ser humano; a Maria José Roma e Fátima Chaguri de Oliveira, companheiras de sempre; a Sônia Maria, com quem tenho "adotado" um caso de amor há mais de duas décadas.

"*Numa época em que reina a confusão, em que corre o sangue, em que o arbitrário tem força de lei, em que a humanidade se desumaniza... Não digam nunca: Isso é natural! a fim de que nada passe por imutável.*"

Bertolt Brecht

1 FUNCIONÁRIA NOVA

O porteiro de um grande hospital, em Ribeirão Preto, olhou o relógio grande da portaria de serviço. Sonolento, abriu a boca em um bocejo largo. Quase sete da manhã. Logo mais, seria substituído pelo colega do turno do dia. Aquela seria uma segunda--feira muito agitada no hospital. A direção contratara novos funcionários. Isso queria dizer adaptação, necessidade de ensinar tarefas, preocupação redobrada.

Levantando-se, espreguiçou-se novamente, sem prestar atenção ao grupo de funcionários que entrava em serviço. Afinal, aquele era o horário da mudança de turno, na rotina de sempre.

Enquanto se espreguiçava, bocejando forte, pensava como as horas demoraram a passar naquela noite, tartarugas preguiçosas empacando a cada volta dos ponteiros.

Junto com os funcionários, passou pela portaria uma enfermeira morena, desconhecida. Mostrava-se discreta. Enquanto as outras trocavam cumprimentos e comentários diversos, ela tratou de entrar rápido, sem ser percebida pelas funcionárias e pelo porteiro.

Tomou o rumo do berçário sorrateiramente. Quem a visse andando àquela hora morta da manhã pelos corredores, revelando conhecer bem a geografia da maternidade, diria mesmo se tratar de uma funcionária antiga. Subindo a rampa que levava ao andar superior, a mulher demonstrava descontração.

Abriu suavemente a porta larga do corredor, com a inscrição BERÇÁRIO no alto.

— Bom dia! Você deve ser funcionária nova, não? — a encarregada da seção, no período da madrugada, sorriu dando as boas--vindas, enquanto trocava um dos recém-nascidos.

— Exatamente. Não sei se vou ser designada para esta ala do hospital, porque a Seção do Pessoal ainda não abriu, mas quis vir dar uma olhadinha no berçário. Adoro crianças... — a morena sorriu também, aproximando-se.

— Isso é muito bom! Neste serviço é preciso muito amor aos pequeninos! Estou nisso há cinco anos e não me arrependo nem um dia... — a encarregada contou.

— Você tem mesmo prática, hem? Pega o bebê com tanta segurança... — a novata elogiou.

— Como é seu nome? — a outra perguntou, enquanto acabava de aprontar o recém-nascido que tinha entre os braços.
— Ester — ela respondeu sem titubear. — E o seu?
— Antônia, mas pode me chamar de Toninha. Você faz um favor para mim?

Diante do movimento afirmativo da nova enfermeira, ela continuou.

— Vou até o 301 levar esse neném para mamar. Aqui, como você está vendo, só tem mesmo mais estes dois anjinhos. Este garotão e aquela menina. Você fica com eles até eu voltar?
— E se eles chorarem? — a novata demonstrou preocupação.
— Recém-nascido chora mesmo, Ester... Não se preocupe... Volto logo...

Mal a funcionária saiu do berçário, a novata tratou de verificar os dois recém-nascidos, que dormiam tranquilos. Rápida, confirmou o sexo dos bebês, realmente um menino e uma menina. Retirou, então, do bolso do uniforme uma pequena seringa previamente preparada. Desembrulhou o bebê do sexo masculino e, com a frieza de uma profissional, injetou o líquido no recém-nascido.

— Pronto. Você vai continuar dormindo gostosinho, agora, viu? — ela cochichou.

Tomando-o nos braços, colocou-o em uma sacola que trazia disfarçada junto a seus pertences. Suspirou aliviada quando percebeu que o bebê não se incomodou em ser acondicionado como um pacote.

Imediatamente, a mulher saiu do berçário, sem causar suspeitas. Nos corredores, encontrou três ou quatro funcionários que iam e vinham, sonolentos, sem dar pela presença dela. Caminhando confiante, ela rapidamente abandonou o hospital.

Na portaria, o segurança da madrugada discutia futebol com o colega que o substituía. Reparou na enfermeira que saía.

— Que morena, hem? — comentou seu companheiro.
— Deve ser uma das novas que entraram no plantão da madrugada — supôs o porteiro.
— Até a gente se acostumar com todo o pessoal novo demora um pouco, né? — o outro opinou.
— Mas seu time anda mesmo mal das pernas... — o primeiro voltou ao assunto de que falavam.
— Que nada! Pois agora o Botafogo vai contratar um técnico de peso...

— Vou até o 301 levar este recém-nascido para mamar, Ester. Volto logo — avisou Toninha para a novata.

— Então, eles vão contratar um elefante! — o porteiro da manhã gracejou.

Sem ser incomodada, a falsa enfermeira saiu do hospital, atravessando rapidamente a rua. Na esquina, uma Brasília azul a aguardava.

— Tudo em cima, boneca? — o motorista perguntou, ligando o motor.

— Que nervoso, Fulaninho! Quase que eu não consigo. — Ela suspirou, enquanto colocava a sacola com o sonolento recém-nascido no banco traseiro. Pela primeira vez demonstrava nervosismo.

— Eu falei que você conseguia, boneca! Assim é mais fácil que ficar cercando mãe solteira pela rua... — acelerando a perua, ele gargalhou gostoso, diante do suspiro de alívio da cúmplice.

2 MEU DEUS! ONDE ESTÁ O RECÉM-NASCIDO DO 303?

No quarto 303, a parturiente acordou assustada. Acabara de ter um sonho ruim, um pesadelo.

— O que foi, Águida? — Geraldo, seu marido, entrando na casa dos quarenta anos, acendeu a luz.

Passando a mão na cabeça, tentando ajeitar os cabelos que o tempo debelava, transformando a vasta cabeleira de antigamente em uma reluzente careca, o marido olhou para a esposa. Águida estava pálida, branca como cera.

— Que pesadelo! — ela conseguiu articular, ajeitando-se na cama.

— Você sonhou com quê? — O marido levantava-se, solícito.

— Ah, nem vale a pena pensar nisso. Bobagens de pós-parto. Talvez seja a emoção de ter um filho depois de tanto tempo...

Águida casara-se aos dezoito e teve uma única filha, Flávia, uma ruivinha sardenta. Somente agora, aos trinta e três anos, engravidara novamente, dando à luz um filho temporão.

Enquanto ela se recuperava do pesadelo, longe dali, tão logo a enfermeira da madrugada regressou ao berçário, encontrou a enfermeira-chefe, dona Marziale.

— Bom dia, Toninha! Como foi o plantão da madrugada?

— Que surpresa, dona Marziale! Tão cedo e já a postos? — a plantonista cumprimentou a chefe. — Até agora está tudo bem.

Olhando à volta, Toninha estranhou a ausência da novata. Teria ido ao banheiro? Teria sido chamada por alguém? Onde estaria ela?
— A senhora já conversou com a Ester, dona Marziale? — a enfermeira dirigiu-se à chefe, encaminhando-se ao banheiro do berçário para confirmar se ela estava ali.
— Ester, quem é Ester? — A enfermeira-chefe ficou surpresa.
— A funcionária nova. Pois ela ficou tomando conta dos dois... — e a plantonista apontou para os berços, onde só viu um dos recém-nascidos. — Meu Deus, onde está o 303? — Ela levou a mão à boca, num gesto de espanto.
— Toninha, não há Ester nenhuma escalada para o berçário.
— Não?... Mas... mas... onde ela se enfiou então?
Percebendo que algo terrível poderia estar acontecendo, a enfermeira-chefe ligou para o terceiro andar.
— Terceiro andar! — a enfermeira responsável atendeu prontamente ao telefone.
— É a Marziale. Alguém levou aí o recém-nascido do 303? — A enfermeira-chefe temia pela resposta negativa.
— Não. A Toninha apenas trouxe o do 301. Mas ao 303 ninguém veio...
— Era o que eu temia... — Marziale desligou. Imediatamente, discou outro número, agora o da portaria de serviço. — Alguém deixou o hospital agora cedo?
— Somente o pessoal do plantão da madrugada, dona Marziale.
— Havia alguém carregando um recém-nascido?
— Recém-nascido? — o porteiro sorriu da pergunta, mas logo percebeu o que a enfermeira queria dizer. — Não... quer dizer... um recém-nascido? Não é possível!
Desligando o telefone, a enfermeira-chefe ligou para a portaria central.
— Portaria central? É do berçário, Marziale quem fala. Chame imediatamente a polícia.

---

3 UM AURÉLIO AMBULANTE

Enquanto o hospital acordava agitado, o telefone também não parava de tocar na casa de Aquiles. Com idade em torno dos vinte anos, o jovem repórter da TV Ribeirão começava a tomar

o café da manhã. Magro, alto, pele bem morena, Aquiles pede ao irmão que atenda ao telefone, enquanto passa manteiga no pão:
— Vítor, atende aí, meu! Você está mais perto...
— Alô! É da casa dele sim. Quem? Espere um pouco... É pra você, mano! Sua chefe. — Vítor, dezessete anos incompletos, estudante do terceiro colegial do Colégio Santos Dumont, passou o telefone ao irmão.
— Alô! — Aquiles apressou-se em atender, sabendo que, se Rosana nem o esperara chegar à redação, é porque havia um problema sério a resolver.
— Fala, chefia! — Aquiles sempre estava de bom humor.
— Herói Grego, tem um pepinão pra você descascar logo de madrugada... — Rosana Zaidan, a experiente chefe de reportagem, disparou à guisa de cumprimento. Sempre tratava Aquiles referindo-se a seu homônimo mitológico. — Acabam de sequestrar um bebê do berçário de um dos hospitais. O Ratinho e o Tadeu já estão passando aí com a barca...
Barca. Era assim que todos os repórteres se referiam à perua Caravan das equipes de reportagem.
— Você nem precisa vir à redação, O.K.? Já vão direto...
— Que informação você tem mais, Rô? — Aquiles vestia a pele do intrépido repórter, afastando de vez o resto de sono do rosto.
Rosana informou o nome do hospital e as circunstâncias do sequestro:
— Alguém disfarçado de enfermeira sequestrou o recém-nascido do quarto 303. A mãe chama-se Águida e o pai, Geraldo Calil. Entrevista a mãe, a enfermeira do berçário, o diretor, todo mundo que você puder — Rosana pautava a matéria. — Quero uma reportagem bem extensa. Vai ser o fato mais importante do jornal da noite.
— Tudo bem, Rô! Deixa comigo...
Tão logo Aquiles desligou o telefone, Marisa, sua mãe, indagou:
— Problemas, filho?
— Acabaram de sequestrar um bebê do hospital onde o Vítor nasceu.
— Sequestraram um bebê de lá? — Marisa revelava espanto.
— Isso mesmo, mãe! — Aquiles engolia o leite, com pressa. — O pessoal da tevê vai passar daqui...
— Mas que absurdo sequestrarem um recém-nascido!

— Ainda não faz muito tempo, questão de alguns anos, sequestraram um garoto em Orlândia... — Vítor também estava estupefato, e se referia a um rumoroso sequestro, que teve lances cinematográficos. — Se a onda pega, as mães vão passar a sair com os filhos acorrentados no pescoço...

Marisa, enquanto os filhos comentavam a notícia, voltou rapidamente no tempo, à época em que se casou com Armando Dutra, vizinho de adolescência. Logo depois do casamento, ela quis engravidar, mas em vão. Exames feitos, nada de anormal foi constatado. Os filhos, o médico dissera, viriam com o tempo, não havia motivo para preocupação.

Mas os filhos não vieram. Depois de três anos, cansada de esperar, Marisa e Armando tomaram uma resolução adotando uma criança.

Dois anos depois, numa manhã como aquela, através de cesariana, Marisa dava à luz um garotão forte. Ela, que já se conformara com a possível esterilidade, tornava-se mãe pela segunda vez. Vítor viera com três quilos e seiscentos gramas e cinquenta e um centímetros de comprimento. Embora nascido de cesariana, era amarrotado como uma folha de papel. A comparação a fez sorrir momentaneamente.

— Mãe, eu com essa pressa danada e você com essa cara de riso? — Aquiles insistia para que ela passasse o café.

— Perdão, filho! De repente, me distraí... — Marisa voltava a si, espantando o passado distante.

— Vítor, não vou poder te levar pro colégio... — Aquiles desculpou-se, já que o irmão ficaria sem carona.

— Que chato! — Vítor reclamou. — Logo hoje que tenho prova na primeira aula...

— Seu pai leva, Vítor! — a mãe adiantou-se. — Antes de ir para Araraquara, ele me deixa na floricultura e leva você.

— Vê se capricha na prova, hem?

— Biologia é fácil, mano, tiro de letra... Biologia, Física e Química eu me viro bem... O duro é Geografia e História! — Vítor degustava um pedaço de pão. — O professor é terrível... Ele até obrigou um colega meu a tirar o brinco que usava.

— Seu colega tá nessa de usar brinco também? — Aquiles levantou-se da mesa, apressado.

— Toda a juventude tá nessa, mano! — o pai dos jovens aproximou-se da mesa, imitando o jeito descompromissado de Vítor falar.

Professor da Universidade Estadual Paulista, Unesp, *campus* de Araraquara, Armando, na casa dos quarenta e dois anos, era querido pelos filhos. Compreensivo, era o tipo de pai que todo jovem gostaria de ter. Seu único defeito, segundo Vítor, era, às vezes, falar difícil demais, empregando termos que fugiam à compreensão de seu reduzido vocabulário. Isso quando não embrenhava pela mitologia, cujos personagens sabia de cor, citando os deuses gregos com a mesma facilidade com que ele, Vítor, sabia a escalação do Palmeiras, time de seu coração.

— Paizão, deixa de ficar gozando! A juventude, como você sabe, procura extravasar seu inconformismo e sua revolta...

— ...com comportamentos os mais esdrúxulos possíveis... — Armando completou.

— O que é isso? — Vítor não sabia o que era esdrúxulo.

— Está vendo? Quer dar uma de filósofo de plantão, mas não sabe nem o significado das palavras... — o pai sorriu.

— Também, você tirou essa do fundo do baú... Está até parecendo a minha professora de redação. Es... es... drúxulo... Esdrúxulo... Indubitavelmente, inexorável, e por aí vai o palavreado dela...

— Isso mesmo! Você precisa aumentar seu vocabulário. Como quer passar em Medicina, um curso concorridíssimo, se não tiver intimidade com as palavras?

— Tá bom, pai, vou pensar nisso. Mas depois não reclama se o pessoal começar a me chamar de *Aurélio* ambulante.

Da porta da rua, Aquiles despediu-se.

— Tchau, mãe! Tchau, pai! O pessoal já está aqui...

— Vê se descola o Prêmio Esso de Jornalismo com essa reportagem, mano! — Vítor gracejou.

— Vai com Deus, Aquiles! — Marisa abençoou o filho. Preocupada com o acontecido, ainda comentou, mais para si: — Que absurdo! Sequestrarem um bebê...

— Sequestraram quem? — Armando perguntou, sem saber o porquê da pressa do filho mais velho.

Assim que Marisa lhe informou o que se passara, Armando também ficou perplexo.

— Mas que coisa pavorosa!

— Pai, me leva? — Vítor, que se levantara da mesa para buscar os livros, estava pronto.

— Vamos nessa, meu! — Armando voltava a imitar Vítor, levantando-se e apressando a mulher. — Vamos depressa, Marisa, que não posso chegar atrasado a Araraquara. São só noventa quilômetros, mas tenho uma reunião importante com os candidatos à vaga de Mestrado.

4 BRUNO EDUARDO, A VÍTIMA

A perua Caravan fazia manobras para estacionar na frente do hospital. Ratinho, motorista e dublê de iluminador da emissora de tevê, sabia que o dia começava quente.

— Tá do jeito que o diabo gosta! — ele tentou descontrair Aquiles e Tadeu ao acionar o freio do veículo. O apelido ele ganhara pelo seu porte nada olímpico. Baixinho, corpo franzino, rosto afunilado, dentes para fora, como se tivesse engolido um piano, deixando as teclas de fora, era o próprio ratinho em pessoa. — Os homens já estão no ar! — E Ratinho apontou a viatura policial e os carros de um ou dois jornais da cidade, estacionados mais à frente.

— Estacione a barca aqui mesmo, Ratinho! — Aquiles sugeriu ao motorista. — Tadeu, vamos entrar gravando... Depois, a editoria corta o que for necessário...

— Antes disso, Aquiles, como é que tá o calcanhar hoje, quente ou frio? — Ratinho perguntou, desligando o motor da perua, os outros dois sabendo ao que ele se referia.

— Tá quente. É hoje que vamos fazer a melhor reportagem do ano... Vamos nessa!

Na portaria do hospital, o clima era de corre-corre, de confusão. Apavorada, chorosa, sentindo-se culpada, a funcionária do berçário tentava dar explicações.

— Foi tudo muito rápido... — ela não sabia o que dizer diante da insistência dos repórteres.

— Atenção, senhores jornalistas, vamos com calma! Por enquanto, os senhores vão se limitar a ocupar o saguão aqui do hospital... — um senhor loiro, de terno escuro, corpo avantajado, dava ordens. Era, os repórteres sabiam, o doutor Pinheiro, competente delegado de polícia da região. — Depois que tomarmos os depoimentos dos funcionários e fizermos a inspeção do berçário, é que liberaremos a área para os senhores... — E, dirigindo-se à funcionária, ordenou: — Vamos para aquela sala.

— Doutor Pinheiro, só queremos fazer o nosso trabalho... — Aquiles e os repórteres tentavam negociar.

— Vocês farão o trabalho depois, depois... — E o delegado, do corredor, indicava o banco, dando a entender que Aquiles e os outros deveriam ficar sentadinhos ali. Antes de enveredar corredor adentro, o doutor Pinheiro destacou um policial para conter os repórteres mais afoitos.

Inconformado, Aquiles obedeceu, chateado. Tão logo sentou-se, uma jovem, ruivinha e sardenta, se aproximou do guichê da recepção. Identificando-se como a irmã do recém-nascido do 303, estranhou que não pudesse subir.

— Mas... mas... como não posso ver minha mãe? Eu preciso entregar este pacote... São objetos de uso pessoal que...

Quando a recepcionista a colocou a par do terrível ocorrido, Flávia explodiu em lágrimas, num choro convulsivo. Aquiles aproximou-se; Tadeu a postos, filmando tudo.

— Você é parente do garoto?

Entre soluços, Flávia afirmou que sim, que era irmã do recém-nascido.

— Seu nome?
— Flávia!
— Flávia, calma. Tudo pode ser um grande engano. O delegado está lá em cima, investigando o que aconteceu no berçário. Fique tranquila. Vamos conversar um pouco...

Quando sentiu passar o primeiro impacto, e Flávia recuperar a calma, ele se apresentou:

— Meu nome é Aquiles. Sou repórter da TV Ribeirão. Queremos gravar uma entrevista com você, tudo bem?

A moça, abalada, não sabia o que dizer.

— Não fique preocupada. Fale com naturalidade, como se estivesse batendo um papo comigo. — Aquiles estava pronto para começar a reportagem. — Vamos lá?

— Tudo bem...

— Atenção, editoria! Gravando entrevista com Flávia Calil, irmã do bebê. *Calil* escreve-se com C-A-L-I-L. — Aquiles passava informações para que o editor, depois, pudesse dar o que se chama, em linguagem televisiva, *crédito*. Em seguida, olhando firme para a câmera, iniciou a reportagem.

— Flávia, esta jovem ao meu lado, é irmã do recém-nascido sequestrado aqui do hospital. Ela acaba de saber do ocorrido e está muito comovida. No entanto vamos tentar conversar com ela. Flávia, como é o nome do seu irmão?

— Bruno Eduardo!

— Você chegou a vê-lo ontem?
— Sim, ele nasceu pela manhã... É tão bonitinho, gordinho, rechonchudo, uma fofura... Agora... agora... ele foi sequestrado... — Flávia não conseguiu dizer mais nada. Começou a chorar forte. Tadeu fechou a câmera em *close* no seu rosto. Ela levou a mão direita à face, enxugando as lágrimas.

Dando por terminada a entrevista, Aquiles olhava para a ruivinha, tomado por carinhosa ternura. Retirando a pele neutra e insensível de repórter, delicadamente, abraçou a jovem, consolando-a:

— Fica tranquila, Flávia! Calma... calma... — Aquiles procurava ampará-la. — Vamos sentar naquele banco, enquanto você não pode entrar, tá?

Flávia fez o que ele propôs.

— Você estuda? — Aquiles perguntou mudando de assunto, para tentar acalmá-la.

— Faço o primeiro colegial no Colégio Oswaldo Cruz.

— A namorada do meu irmão também está no primeiro, só que no Santos Dumont... — Aquiles procurava animar a conversa, sem saber como.

— E você? — Flávia, mais calma, enxugava as lágrimas.

— Terminei a faculdade de Jornalismo... Está mais calma?

— Estou — Flávia suspirava ainda.

Após uma espera considerável, doutor Pinheiro liberou o hospital aos repórteres. Águida não conseguiu dizer nada devido a seu estado emocional. Geraldo limitou-se a chorar o filho sequestrado.

— Não sou homem de posses, não entendo o que os sequestradores podem exigir de mim. Só estou pedindo a Deus que nos dê forças para ficarmos calmos, aguardando o contato deles.

A caminho da emissora de televisão, Ratinho procurou superar o silêncio tenebroso de Aquiles e Tadeu, gracejando:

— Precisamos falar para o editor de imagens caprichar na chamada: "Aquiles, o Herói Grego, consolador de ruivinhas...".

Tadeu caiu na gargalhada. A colocação do motorista fazia sentido. Aquiles ficara mesmo todo meloso, condoído pelo drama da mocinha.

— Ora, Ratinho, deixe de bancar o palhaço! Você não viu como a garota estava? — Aquiles não queria saber de brincadeiras.

— Se cada mulher que babar no microfone você for amparar... — Tadeu ironizou.

Muito abalado com o sequestro do filho recém-nascido, o casal não conseguiu dizer quase nada ao repórter Aquiles.

— Aquela velhinha de São Carlos você não consolou!
— Qual velhinha?
— Aquela que balearam o filho... — Ratinho referia-se a uma reportagem que haviam feito em outra cidade da região.
— E nem aquela senhora da greve de sapateiros em Franca, que ficou sem emprego, tendo que sustentar cinco filhos. Nem com ela você foi tão cheio de coisa. — Ratinho refrescava a memória de Aquiles.
— Ah, vai procurar a sua turma, vai! — Aquiles ficara sem resposta.

5 QUE GURI MAIS LINDO!

Na Via Anhanguera, trecho da autopista que liga São Paulo à capital federal, na altura do quilômetro 340, não muito longe de Ribeirão Preto, uma Brasília corria velozmente. Dentro, o bebê acondicionado na pequena cesta era o mesmo, o motorista também. Mas a acompanhante tinha mudado por completo. Assim que deixaram a cidade, ela trocara o uniforme de enfermeira por uma calça *jeans* e uma malha de cor neutra. Os cabelos agora eram castanho-claros, retirada a peruca preta. Ao se aproximar de Jardinópolis, o motorista reduziu a marcha da perua.
— Estamos chegando, boneca! Pode respirar sossegada...
— Ainda bem, Fulaninho! Ainda bem... — a mulher suspirou aliviada.
Deixando a rodovia de pista dupla, o motorista tomou o acesso à cidade. Não andou muito; na periferia, estacionou perto de um ferro-velho.
— Boneca, como sempre, a barra está limpa. Pode descer. — Fulaninho ordenou, certo de que não havia perigo.
— Que pressa, Fulaninho! Parece até que você vai tirar o pai da forca...
— O pai, não! É a forca preparada para mim mesmo, se não andarmos depressa. Quanto mais cedo a gente sair de circulação com esse fedelho é melhor. Os tiras já devem estar atrás de nós.
A mulher desceu, olhando para todos os lados. Não era necessário no local ermo, praticamente desabitado. O ferro-velho, uma fábrica de blocos, um depósito de madeiras e um ou dois armazéns de uma distribuidora de material elétrico estariam quase desertos àquela hora. No meio desse conjunto de construções, um pouco

afastado, havia um portão, acima do qual podia-se ler em pintura bastante desgastada pelo tempo: MORADA DOS ANJOS.
A mulher apertou a campainha, que foi logo atendida.
— Por favor, queira se identificar... — uma voz suave, puxando os *rr* e *ff* num forte sotaque francês, pediu pelo interfone.
— É a Est... Quer dizer, é a Maria Custódio, irmã Marguerite!
— Ah, sim! — a voz respondeu, suavemente, como se já esperasse por aquela visita. — Já vou abrir, minha filha!
Imediatamente, uma irmã de caridade, trajando um hábito branco e com um crucifixo no pescoço, veio recebê-la.
— Entre, Maria! — a irmã convidou, carinhosa, com aquele ar doce de quem entregou a vida aos deserdados da sorte. E, abaixando-se para ver o que Maria Custódio trazia na sacola: — O que temos aí?
— Olha que graça, irmã! — Maria abriu a cestinha, deixando o rosto do bebê, ainda sonolento, aparecer.
— Mas que coisinha mais rica! Que guri mais lindo! Que bênção do céu, meu Deus! Vamos entrando, vamos entrando... Me espera no escritório, vou trocar a roupinha dele... — A irmã direcionou a visitante, enquanto pegava o recém-nascido no colo.
Atravessando o florido jardim interno do orfanato, a freira fazia um carinho no bebê que acordava.
— Vamos tirar esta roupinha, tomar um banho gostosinho, ficar perfumadinho, muito cheirosinho, né, guri?
A irmã se distanciava, atravessando uma das portas laterais que dava para o jardim. No escritório, sentada diante da mesa larga, Maria Custódio olhou o crucifixo que pendia da parede, atrás da cadeira alta de irmã Marguerite. Da cruz, o Cristo parecia olhá-la, repreensivo. Como teria tido a coragem de entrar no hospital, ir até o berçário, escolher o bebê e roubá-lo daquela maneira? Como era seu coração, insensível, de ferro?
— Não tenho escolha — justificou-se para o crucifixo —, o Senhor sabe. Fulaninho me meteu nisso e não posso mais sair. É certo que até hoje só trabalhamos com mães solteiras, mocinhas que não dariam conta de cuidar de seus filhos. Como ele diz, só ajudamos essas crianças a ter um lar decente, longe da miséria em que suas mães vivem...
— Rezando, guria? — irmã Marguerite sorriu às suas costas, observando que Maria Custódio fixava a imagem de Cristo e sussurrava palavras ininteligíveis.
— Irmã, eu... eu... — Maria Custódio parecia querer confessar algo. — Eu... esta criança veio...

— Não precisa dizer nada, filha. — Irmã Marguerite sentou-se à mesa, poupando à mulher a confissão de seu crime. Abriu uma gaveta e entregou-lhe um envelope, que a moça guardou sem conferir o conteúdo. — Essa criança veio de um lar desfeito, ou, como das outras vezes, é filho de mãe solteira, que não assumiria sua maternidade. É, minha filha, o mundo é sempre muito mau, não é? Não fôssemos nós a achar um lar para esses desprotegidos...

— Tem razão, irmã! — Maria Custódio engoliu seu arrependimento, tratando de se despedir da religiosa.

6 ANA LUÍSA E VÍTOR, JOVENS EM CRISE

Naquele mesmo dia, por volta da hora do almoço, Vítor aguardava, no portão do Colégio Santos Dumont, a saída de Ana Luísa, sua namorada. Estava contente, embora os atrasos da garota, ultimamente, o deixassem irritado. O que estaria acontecendo? De uns tempos para cá, o rapaz sentia que ela não o procurava mais no intervalo, que se atrasava na saída. Parecia claro que ela o evitava.

Finalmente, uma jovem morena, corpo roliço, cabelos compridos e encaracolados, surgiu no portão. Geralmente alegre, estava cabisbaixa desta vez.

— Ana! Analu! Amor!... — Vítor chamava a atenção da jovem. — Parece que você está nas nuvens...

— Desculpe, Vítor! — Ana Luísa deu um sorriso amarelo.

— Não foi bem nas provas?

— É... é isso... A prova de Geografia estava muito difícil...

Vítor queria partilhar sua vitória em Biologia, mas não sentiu receptividade.

— Eu fui bem na prova — disse mesmo assim.

— Que bom! — Ela não estava mesmo interessada, a voz neutra, sem o mínimo incentivo para ele.

— Você ficou sabendo do sequestro do bebê? — Vítor tentou encontrar outro assunto que a atraísse.

— Bebê? Eu?... Não... quer dizer... Você acha que...? — a jovem se atrapalhou toda.

— Analu, você está no mundo da lua mesmo, hem? Eu pergunto se você ficou sabendo sobre o sequestro do bebê e você fica toda confusa, como se tivesse culpa no cartório!

— Do que você está falando, Vítor? — Ana Luísa continuava confusa. — Sequestro de bebê?

— Sim, meu mano quase foi acordado pela chefe dele, hoje cedo, para fazer uma reportagem sobre o sequestro de um bebê do berçário...

— Como você queria que eu soubesse do sequestro? Ainda não vi televisão, nem ouvi rádio! — Ana Luísa interrompeu o namorado, irritada.

— Tá legal, Ana, não precisa virar fera. Perguntei por perguntar. É uma maneira de puxar conversa... Já que você está dando choque por qualquer coisa, tudo bem, não falo mais nada...

No ponto de ônibus, os dois se separaram. Ali era o local costumeiro das despedidas. Ana Luísa tomava o Vila Tibério, ônibus que a levava próximo a sua casa; Vítor seguia a pé até a Praça XV de Novembro, no Centro, onde tomava o ônibus para o Jardim Irajá, do lado oposto.

Ana Luísa entrou, entregou o passe escolar ao cobrador e foi sentar-se na dianteira do ônibus. Ainda no corredor, cumprimentou Cristiane, sua colega de classe.

Sentada lá na frente, teve vontade de voltar, sentar-se ao lado de Cristiane e puxar conversa. Cristiane talvez pudesse ajudá-la. Era amiga, embora de personalidade bastante diferente: extrovertida, dessas garotas que sorriem para todos os garotos, sem se importar com os comentários preconceituosos das amigas. Será que Cristiane poderia ajudá-la? Claro que poderia. Pelo seu jeito despachado...

"Ah, meu Deus! Que confusão! Que confusão de vida!" A cabeça de Ana Luísa parecia querer explodir. Ela não achava saída para o seu problema. "E o pior de tudo é que não sei se devo me preocupar tanto... E o que a Cris pode fazer por mim? Nada! Absolutamente nada!" Ana Luísa remoía mentalmente seus problemas. "Se for verdade, ninguém pode fazer nada por mim... Droga! Droga! Droga!"

7 MAIS UMA VÍTIMA

O caso do bebê sequestrado não abalara somente a família de Flávia. Até o próprio Aquiles, que já se acostumara a fazer reportagens sobre a dureza da vida, ficara bastante perturbado.

O sequestro mexera com ele. Quando menos esperava, estava com o pensamento no hospital. Sem querer, o perfil de Flávia se interpunha na entrevista com a enfermeira do berçário e na entrevista com Águida. A imagem da jovem crescia, em cores e — como se diz na linguagem televisiva — com áudio e tudo. Aquiles escutava então o choro soluçado dela, via-se colocando a mão esquerda em seu ombro, querendo estancar suas lágrimas...

— Ei, Herói Grego! — a chefe de reportagem já o chamava há uns dez segundos. Aquiles continuava absorto. Foi preciso que Rosana tocasse seu ombro, dando-lhe um pequeno safanão para que ele "entrasse no ar".

— Por acaso você está apaixonado? — Rosana perguntou.
— Quem, eu? Você está maluca, Rô! — Aquiles desconversou, Rosana à sua frente, ele olhando fixamente para um botão de rosa que apanhara de um vaso sobre a mesa.
— Não, não estou falando de você, claro! Estou falando de um certo repórter deste canal de tevê, simpático, tratável, que há mais de um minuto contadinho no relógio está olhando para uma rosa suavemente presa entre seus dedos, que há mais de dez segundos não escuta nem a voz de sua bravíssima chefe...
— Rosana se divertia com o ar apaixonado de Aquiles.
— Desculpe, Rô! — Aquiles finalmente percebeu que poderia estar sendo ridículo.
— Olha, tem uma matéria quente para você fazer. Os vereadores aprovaram a instalação do novo prédio da Câmara Municipal no Parque Ecológico.
— Eles aprovaram em regime de urgência urgentíssima, não foi? — o repórter ironizou, o pensamento distante.
— Pô, Aquiles! Você diz simplesmente isso! Logo você, que sempre defendeu as áreas verdes!
— Que se danem as áreas verdes... — Aquiles desabafou, alterando a voz.
— Credo, cara! Eu pensava mandar você lá para fazer uma matéria extensa, pegando a opinião do povo, dos comerciantes, dos ecologistas da cidade...

Nesse momento, o telefone tocou. Aquiles estava mais perto dele, mas recusou-se a atender.

— Atende aqui pra mim! — ele pediu a uma das editoras, sentada em uma mesa próxima.
— Alô! — ela atendeu. — É da TV Ribeirão, sim. De onde? São Joaquim da Barra? Diga lá o que aconteceu... O quê? Na

fila do Centro de Saúde daí? Uma mulher sequestrou quem? — A jornalista tentava entender a ligação ruim. — Uma criança?

Ao ouvir a frase, Aquiles, saindo do estado apático, voou em direção ao telefone, quase o arrancando das mãos da colega.

— Alô, quem fala? Do Centro de Saúde de São Joaquim? Sei. Quando foi isso? Agora cedo? Vamos mandar uma equipe aí, imediatamente. — Desligando o telefone, o repórter ficou pensativo.

— Vou mandar outro repórter fazer a matéria...

— Sem essa, Rô! Deixa isso comigo. — Aquiles adiantou-se.

— Ora, ora! Você é o novo chefe aqui! — Rosana ironizou.

— Desculpe-me, chefia, mas deixa pra mim... — ele perdeu o tom imperativo.

— Não. Você não está legal hoje. Está, como eu diria... está num estado hipnótico-alheio-contemplativo... — Rosana sorria, tendo decidido já que ele faria a reportagem, mas adiando sua permissão final. — Tá bom, Herói Grego! Vê se desaparece da minha frente com seu olhar de boi sonso e este botão de rosa. Vai logo chamar o Tadeu que o Ratinho foi pôr gasolina na barca e já deve estar voltando para cá.

São Joaquim da Barra não ficava longe. Cerca de setenta quilômetros de Ribeirão Preto, pela Via Anhanguera, em direção a Brasília. Coisa de menos de uma hora, se fossem mais rápido, como Aquiles pedia ao motorista da Caravan.

— Acelera essa diligência, Ratinho!

— Pô! Estou a mais de cem. Se a polícia rodoviária pegar a gente no radar, adeus meu brevê de Fórmula 1...

— Que se dane! — Aquiles sorriu com as últimas palavras do motorista.

Em São Joaquim da Barra, o quadro diante do Centro de Saúde era de tristeza e ódio.

— Como tudo aconteceu, dona Maria de Paula? — Aquiles começava a entrevista com a mãe do bebê sequestrado.

— Eu estava na fila, esperando marcar a consulta, sentada naquele banco... — a mãe não se conformava. — Como não posso deixar o menino em casa, trouxe comigo, que ele ainda é de colo...

— Quantos meses ele tem?

— Meu filho está com pouco mais de dois meses. Aí, como estava demorando muito e eu precisava ir ao banheiro, uma senhora se ofereceu pra segurar meu menino — a mãe contava com a voz chorosa.

Quando voltou do banheiro, a mulher havia sumido. E ninguém percebeu quando ela foi embora, carregando a criança. Como era a tal mulher? Quem estava na fila deu descrições desencontradas. Maria de Paula, em estado de choque, nada podia afirmar. Alguém dizia que a mulher era loira, outro que era morena, um terceiro afirmava tratar-se de peruca. Os depoimentos só geravam confusão.

8 CALCANHAR CONGELADO

Depois de entrevistar também o diretor do Centro de Saúde, os três companheiros preparavam-se para voltar a Ribeirão. Tão logo Ratinho abriu a porta da Caravan, o radiocomunicador foi acionado.

— Ratinho, responda, câmbio!
— É o Ratinho quem fala.
— O Herói Grego está aí perto? — Rosana se comunicava com a equipe de reportagem.
— Fala, chefia! — Aquiles colocou-a rapidamente a par do ocorrido.
— Bom, quero que vocês voltem por Jardinópolis, já que é caminho. Estamos precisando refazer uma entrevista com o prefeito da cidade. O áudio não ficou muito bom e como você vai passar por lá mesmo...
— Qual a pauta? — Aquiles perguntou, referindo-se ao assunto a ser abordado.
— A ideia é dar mais realce à produção de mangas de Jardinópolis, se a cidade ainda é grande neste mercado, ou se perdeu essa posição. Enfim, dando ênfase para a data que se aproxima: a abertura da Festa da Manga.
— Deixa comigo. Ah, tem mais uma coisinha... — Aquiles e Ratinho perceberam que a comunicação se interrompera. Tentaram ainda assim manter contato, e verificaram se havia algum fio solto, mas de nada adiantou.
— Pifou mesmo, Aquiles. Aliás, faz um certo tempo que este rádio vem dando defeito.

— Bom, ainda bem que ela conseguiu passar o recado. Vamos lá...

A caminho de Jardinópolis, Aquiles estava com o pensamento voltado para o sequestro do bebê. Para não ser molestado pelos companheiros, fingiu que dormia. No entanto, sua cabeça fervilhava. O que ele não conseguia entender era por que sequestrariam o bebê de uma mulher que não tinha posses para pagar resgate. Pensando bem, era o mesmo que acontecera com o bebê do hospital. Será que poderia haver ligação entre os dois casos? Será que havia um fio condutor que levaria à mesma resposta? Ele concatenava os fatos.

Em Jardinópolis, tiveram de aguardar um bom tempo pelo prefeito, o que fez com que demorassem mais do que o previsto. Assim que puderam entrevistá-lo, trataram de retomar a estrada, para chegar, vinte e três quilômetros depois, a Ribeirão.

— Vamos deitar o cabelo que não quero demorar muito. Mais um pouco e perdemos o almoço. — Ratinho falou, aí deixaram a prefeitura, querendo dizer que iria acelerar fundo.

— Que cabelo, Ratinho? — Tadeu, sentado no banco de trás, alisou a careca do companheiro, os três rindo.

No entanto, nem bem começaram a se distanciar do centro da cidade, o motor da perua Caravan começou a falhar.

— É hoje que vamos ter de chamar o Beto Carrero para ajudar a gente a empurrar essa diligência... — Ratinho sentia o problema pelo acelerador.

— Você acha que dá para ir assim? — Aquiles fechou o semblante, preocupado.

— Acho que sim. O motor está rateando um pouco, mas...

— Lógico que tem de ratear... — Tadeu gracejou, fazendo um trocadilho. — Não é você quem está dirigindo, Ratinho?

— Infeliz, você perdeu uma excelente oportunidade de calar a boca, sabia? — O motorista, preocupado, perdia o jeito brincalhão de sempre.

Na saída da cidade, antes de tomarem o acesso que leva à Via Anhanguera, o veículo piorou de vez.

— Você sabe nadar? — Ratinho olhou sorrindo para Aquiles. — Sim, porque dessa vez a barca vai afundar mesmo! E o pior é que não tem nenhuma oficina por perto.

— Diabo! E o rádio que não funciona... — o repórter praguejou.

— Miséria pouca é bobagem. Por falar nisso, esqueci de perguntar. Como é que tá o calcanharzinho hoje?
— Está congelado. — Aquiles respondeu pessimista.
Ratinho, desanimado, abriu a porta. Descendo da perua, abriu o capô. Aparentemente, tudo normal com o motor.
Olhando à sua volta, Aquiles não via onde poderia pedir socorro. Por ali, havia apenas um ferro-velho, uma fábrica de blocos, um depósito de madeiras e um armazém de distribuidora de material elétrico. No entanto, como era hora de almoço, estavam fechados.
— Vou ver se consigo parar aquele carro que saiu da estrada e vem vindo em nossa direção... — Tadeu também desceu da perua, agindo rápido.
— Por favor, por favor! — Tadeu fez sinal para o carro parar. — O senhor pode levar um de nós até a cidade? Nossa perua encrencou...
— *Mi dispiace! Ma fermeremo proprio qui, nell'orfanatròfio* — o motorista, falando italiano, apontava uma construção não muito distante, dizendo que parariam ali mesmo.
— Ah, me desculpe! — Tadeu entendeu o que ele dizia, ficando desapontado.
— *Qui c'è telèfono...* — o italiano sugeriu, com gestos, que ali havia telefone.
Tadeu voltou com a informação, enquanto o carro parava logo adiante.
— Aquiles, eles vão parar aí mesmo, num orfanato. O italiano disse que lá tem telefone.
— É mesmo! Eu não tinha percebido o orfanato. Vamos tentar falar com a Rosana...
— Espere um pouco, Aquiles! Acho que eu já sei o que é. Me dá uma mão aqui! — Ratinho mexia no emaranhado de fios à vista.
Tentou novamente colocar o motor em funcionamento, mas não adiantou. Aquiles era de opinião que deveriam acionar a chefia de reportagem.
— Tudo bem! Vocês vão telefonar e eu vou tentar mais um pouco.
Quando se aproximaram do portão do orfanato, Aquiles leu a inscrição, em arco: MORADA DOS ANJOS.

Apertaram a campainha. O barulho da chave girando na fechadura já era ouvido. Naquele momento, no entanto, Ratinho gritou que a perua estava consertada.

— Vamos embora! A barca voltou à tona...

— Pois não, o que os senhores desejam? — uma irmã de caridade perguntou, solícita, sorrindo.

— Nós queríamos telefonar, irmã, mas não é mais necessário. Muito obrigado!

Aquiles agradeceu, dando meia-volta. Tadeu já corria na sua frente. Os três estavam aliviados pelo conserto da perua.

9 IRMÃ, QUEREMOS ADOTAR UM *BAMBINO*

O destino brincava com Aquiles. Se ele pudesse escutar o diálogo travado em seguida pelo casal de italianos com a freira, certamente o rumo da história seria outro.

— Desistiram! — A irmã voltou a atender o casal. — Mas, vocês me diziam que estão casados há quatro anos e...

— *E noi non abbiamo figli. Però vogliamo adottare uno bambino.* — O marido explicava a situação deles, dizendo que não tinham filhos e que queriam adotar um menino. Falando pausadamente, para que a freira o compreendesse, ele dizia chamar-se Paolo e sua mulher, Angelina. Engenheiro químico, viera há pouco da Itália, trabalhando em uma empresa italiana na região de Franca. Na volta a seu país de origem, queria dar aos pais a alegria de um neto brasileiro.

A irmã levantou os braços aos céus, em oração.

— Graças, Senhor, por ter enviado este casal — ela agradecia a Deus.

Pausadamente, então, explicou que, por uma coincidência incrível, uma jovem muito pobre de uma cidade vizinha não tinha como sustentar seu bebê e lhe havia implorado que ficasse com o filhinho, procurando uma família cristã para que o menino pudesse crescer sadio, num ambiente de paz e amor. É certo que havia um outro casal, de Pirassununga, interessado, mas ela não gostara muito da entrevista com a mãe. Pedindo ao casal que esperasse um momento, a religiosa buscou o recém-nascido, que conhecemos por Bruno Eduardo.

Ao olhar para ele, Angelina não resistiu:
— Sandro, mio Sandro! — emocionou-se, chamando o bebê pelo nome que pretendia dar a ele.
— A mãe desse guri é clara como vocês. Coitadinha... é jovem, mãe solteira, moradora de uma favela.

Paolo, também entusiasmado com Sandro, propôs-se a ajudar a mãe da criança. Se a jovem estava lhe dando a felicidade de ter um filho, queria retribuir de qualquer forma.

— *Sorella Marguerite, come posso incontrare questa ragazza?* — ele perguntou como poderia encontrar a mãe de Sandro.

Carinhosamente, a irmã desaconselhou o encontro. Com muita paciência, mostrou que a mãe, conhecendo o casal, poderia se arrepender, ou então, futuramente, exigir o filho de volta. Eles deveriam colaborar sim, mas por intermédio do orfanato. Afinal, já que Sandro teria uma casa, a sugestão é que a mãe dele também tivesse onde morar condignamente. Se queriam colaborar mesmo, a doação de uma casa traria a segurança definitiva à mãe do guri. Mas que não tivessem pressa. Que fossem para casa e refletissem bem. Mesmo porque a documentação do bebê demoraria um certo tempo, tudo tinha de ser legalizado para evitar problemas com a justiça.

10 NINGUÉM FOI SEQUESTRADO

Enquanto o casal de estrangeiros, feliz da vida, deixava o orfanato, ansioso para retornar brevemente, a equipe de reportagem já chegara a Ribeirão. Se antes de viajar Aquiles estava meio distraído, depois que chegou de São Joaquim da Barra fechou-se num silêncio profundo. Mal terminou a edição da reportagem, que fizera questão de acompanhar, solicitou dispensa a sua chefe.

— Rô, sei que ainda não terminou o expediente, mas não estou muito bem... Você me autoriza a ir para casa?

— Você está mesmo com cara de quem precisa descansar. Hoje o movimento está fraco. Qualquer coisa, peço a outro para cobrir sua ausência. Pode ir embora. Vê se passa no Pinguim, toma uns chopes reforçados...

— Meu carro está na oficina. Ninguém vai pro centro?

Ao deixar a emissora, Aquiles nem deu atenção a Ratinho, que ainda brincou, dizendo que o repórter estava macambúzio porque em São Joaquim e em Jardinópolis não havia nenhuma ruivinha para ser consolada.

A equipe com quem pegou carona deixou Aquiles no centro. Iria seguir a sugestão da chefe. Entrando no Pinguim, um dos bares mais conhecidos e movimentados da cidade, pediu para o primeiro garçom:

— Traz um chope com colarinho alto, sim?

Sentado em uma das mesas que dava para a rua, Aquiles distraía-se vendo o movimento. Na verdade, havia um só pensamento em sua cabeça: a reportagem sobre o bebê sequestrado em São Joaquim.

No segundo chope, Aquiles avistou alguém conhecido atravessando a rua. Deixou a mesa para interromper a caminhada desse alguém.

— Oi, Flávia, lembra de mim?

— Não... quer dizer... sim... você fez aquela reportagem no hospital. — Flávia reconheceu aos poucos Aquiles.

— Isso mesmo! Mas que coincidência encontrá-la aqui...

— Eu sempre passo aqui. É o meu caminho para casa. Inclusive estou atrasada. Parei na casa de uma amiga, quando saí da escola e...

— Eu gostaria de conversar com você. Venha, estou tomando um chope naquela mesa. — Aquiles apontou na direção do interior da choperia.

Diante da indecisão de Flávia, ele animou-a:

— Quero conversar sobre seu irmão...

— Não gostaria de falar nesse assunto — Flávia o interrompeu. — Estou com a cabeça voando... Meu pai e minha mãe também continuam muito abalados... Até agora os sequestradores não se comunicaram com a gente...

— Não seja ingrata, Flávia! Você sabe o que eu estava pensando agorinha mesmo, sentado aí dentro, tomando chope? — Aquiles sentia-se chateado e até um pouco irritado com a recusa da jovem. — Eu estava pensando no seu irmão, sabia? Portanto, venha!

— Tá legal!... — Flávia se convenceu, acompanhando Aquiles à mesa indicada.

Sentando-se novamente, ele se mostrava alegre, deixando o ar tristonho de há pouco.

— Olhe, Flávia, queria que você soubesse que minha curiosidade não é de repórter simplesmente... Eu quero dizer que... — Aquiles se confundia com as palavras, sem jeito. — Quero dizer que... estou muito empenhado em encontrar o seu irmão.

— Obrigada pelo interesse, mas enquanto os sequestradores não derem sinal de vida, pedindo o resgate...

— Flávia! — Aquiles tomou fôlego, compreendendo que precisava falar sobre o que o martirizava desde que saíra de São Joaquim da Barra. — É necessário esclarecer uma coisa importante, algo que tenho de dizer e não há como não ser direto, falando claramente: não haverá comunicação nenhuma...

— Como você pode ter tanta certeza? Eles entraram em contato com você? Me diga, por favor! — Flávia se exasperava.

Aquiles entendia que seria doloroso para Flávia saber a conclusão a que havia chegado naquela manhã. De repente, ficou temeroso de colocá-la a par, procurando fugir da pergunta:

— O que você quer tomar? Guaraná? Quer pedir um lanche?

— Não quero nada. Apenas que você me diga o que sabe.

— Bem, Flávia! — Aquiles percebeu que não adiantava fazer rodeios. — Não entraram em contato comigo, nem vão entrar... Acabo de voltar de São Joaquim da Barra e... — Aquiles contou tudo o que acontecera pela manhã.

— Mas por que iriam pegar uma criança de quem não tem como pagar resgate, como é o caso da minha família e dessa mulher de São Joaquim?

— Ainda não sei, Flávia. O fato de os sequestros acontecerem num espaço de tempo curto me intriga. Só tenho uma certeza: quem fez isso não quer resgate algum...

O pai de Flávia já havia comentado que, se pedissem uma quantia muito grande em troca do irmão, seria impossível arrumá--la. Mas, mesmo assim, tinha uma tênue esperança de que dariam notícias. Agora, diante da afirmação categórica de Aquiles, a ruivinha sentiu que não adiantava sonhar mais. De cabeça baixa, começou a soluçar.

— Vamos embora, Flávia! Eu levo você... — Aquiles entendeu que seria penoso para ela ficar ali, revivendo este assunto doloroso. Chamou o garçom e pagou os chopes.

11 MAGRO COMO PÉ DE CANA

Saindo do Pinguim, o repórter fez questão de levá-la de táxi. Flávia agradeceu, afirmando que seria incômodo. Como estivessem perto do ponto da Praça XV de Novembro, Aquiles deixou claro que não aceitaria uma recusa.

— Você vê alguma ligação entre o caso do meu irmão e o de hoje, em São Joaquim? — no táxi em movimento, Flávia voltava ao problema.

— Não disse isso. Fiz apenas uma suposição.

— Se não pedirão resgate, por que você acha que... — ela não queria pronunciar a palavra "roubaram".

— Não sei. Ainda não tenho uma opinião precisa a respeito...

Na verdade, ele queria mudar de assunto. Sabia como estava sendo dolorosa para ela a nova interpretação do caso. Vendo os cadernos de Flávia sobre o banco do táxi, perguntou:

— Você está em que ano?

— No primeiro colegial...

— A namorada do meu irmão também...

— Só que ela estuda no Santos Dumont, não é isso? — Flávia completou.

— Como você sabe? — Aquiles ficou surpreso.

— Acho que você já me disse isso, não sei... Foi naquele dia no hospital, não foi?

— Isso mesmo! Aliás, essa é a segunda vez que a encontro. Mas, conta da sua escola, Flávia! — Aquiles insistiu em não voltar ao caso dos bebês.

— Bom, não sou nenhuma "cedê", nenhuma dessas estudiosas de só tirar dez, mas me saio bem...

— E o que você pretende fazer em termos de futuro?

— Não sei... É tão difícil definir isso no primeiro colegial... Gosto muito de Jornalismo, Comunicação... Do que você faz, por exemplo.

— Você queria ser repórter de televisão? — ele sorriu, contente.

— Adoraria, Aquiles! Acho um mundo mágico o da Comunicação. Trabalhar com notícias, fazer notícias... É sensacional, não acha? — Flávia, esquecendo a tristeza, se entusiasmava.

— Acho! Se bem que não é este mar de rosas... Tem seus problemas... E muitos.

— Estamos chegando. O senhor pode parar perto aí da esquina, neste primeiro prédio — Flávia pediu ao motorista.

Ao se despedir, Aquiles solicitou o número do telefone de Flávia, que o rabiscou rapidamente num caderno.

— Valeu! A gente se fala... — Aquiles despediu-se da jovem, que já subia as escadas em direção à porta do prédio.

— Desculpe se vou entrar na conversa, moço — o motorista disse, logo que o táxi começou a rodar —, mas no comecinho da corrida, você falou em outro nenê roubado?

— Sim, essa garota é irmã do bebê raptado no hospital.

— Estou lembrado que você fez uma reportagem com ela ainda outro dia... Mas quer dizer que roubaram mais um? Pois vou contar uma coisa. Há uns tempos atrás, fiz uma corrida para uma mulher até as Clínicas. Não demorou muito, ela saiu de lá com uma moça, uma mulher mais jovem que ela. A mais velha segurava o bebê, não me parecia que se tratava de mãe e filha...

— O que elas estavam falando? — Aquiles queria detalhes.

— Não muita coisa... Mas dava a impressão de que a mais nova acabava de ter a criança e estava entregando para a mais velha... Não sei... Alguma coisa me dizia que... Ah, me lembro de uma coisa... A mais velha falou para a mais nova que ela estava livre daquele fardo... Falou também que o bebê ia ficar bem com a família que arrumaram... Disse que eram gente honesta, de grana...

"Dando a entender que a criança ficaria com uma família de posse..." Aquiles refletia consigo.

— Outra coisa: deixei as duas na rodoviária... Lembro bem que, quando desceram, a mais velha falou de pagar a passagem para a moça...

Enquanto conversava com o motorista, Aquiles notou que Flávia havia esquecido uma agenda no táxi. Abrindo-a, percebeu que se tratava de um diário. Sem querer, começou a ler o que estava escrito.

Terça-feira. Ontem foi um dos piores dias de minha vida. Sequestraram Bruno Eduardo, meu irmãozinho. Foi um horror. Quando cheguei ao hospital, estava a televisão, o delegado, aquele clima de confusão. Fiquei fora de mim ao saber do ocorrido. Havia um repórter lá, um sujeito magro como um pé de cana, que, sem respeitar minha dor, ficou fazendo perguntas bobas. Eu só respondi abobrinhas. Quando será que os sequestradores entrarão em contato conosco?

— Pé de cana, é? — Aquiles sorriu, falando em voz alta.
— O que foi, moço? — o motorista, tendo parado num semáforo, voltou-se.
— Nada, não. Estava pensando alto... Mas faz o seguinte... Se o senhor souber de qualquer coisa sobre o que conversamos, telefona lá para a televisão. O telefone é este aqui... — E Aquiles passou o número ao motorista.
— Pode deixar, moço! Qualquer coisa, eu telefono.

12 AQUILES VESTIU-SE DE MULHER

À tardinha, o repórter foi à floricultura da mãe.
— Aquiles, você por aqui? — Marisa se espantou com a presença do filho. — Você nunca aparece para dar o ar da graça!
— Quero falar com você, mãe!
— Vamos lá no escritório.
— Mãe, não aguentei esperar até você voltar para casa e resolvi vir aqui. — Aquiles, sentando-se em uma cadeira do cômodo que servia de escritório, titubeava, sem jeito.
— Eu sei, filho! Tenho percebido isso. Este caso do sequestro do bebê deixou você abalado.
— Não só esse, mãe. Hoje houve outro roubo.
— Roubo? Mas o sequestro...
— Mãe, é roubo, não há sequestro nenhum. Eu já desconfiava quando roubaram o filho do fotógrafo. Ele não tem fortuna para pedirem resgate. E hoje houve outro roubo, em São Joaquim da Barra. A mãe também não tem dinheiro para ser alvo de sequestradores.
— Mas roubam para quê, então? Não, não posso acreditar que seja para...
— Vender. É nisso que você está pensando, não é? E está certa.
— Não, não posso acreditar, filho! Você acha que alguém compraria um bebê? Como é que pode? — Marisa estava indignada. — Quando fomos adotá-lo...
— Isso, mãe, me fala sobre minha adoção...
— Você se identifica muito com esses bebês, não é?
— Demais.

— Só que eles foram tirados do seio de suas famílias. Com você foi diferente. Sua mãe nem quis vê-lo. Antes de você nascer, já havia decidido que nem o veria.

— Me conta isso outra vez, mãe! Faz tempo que não escuto a minha história. Ouvir como vocês me adotaram me fará bem neste momento.

— Bem, eu e seu pai fomos ao Juizado de Menores, achando que sairíamos de lá com um filho adotivo. Mas precisávamos cumprir uma série de formalidades legais muito exigentes. Resolvemos adotar à brasileira mesmo, burlando a lei. Sua tia Vera, que tinha contato com a diretoria de um hospital em Campinas, nos telefonou, contando que o "nosso filho" já havia nascido. Saímos em desabalada carreira. Ela já nos esperava e fomos ao hospital.

— E quando você me viu, como foi a sua reação? — Aquiles sempre se emocionava ao escutar a história de sua adoção.

— Quando vimos você no berçário, quando eu o peguei em meus braços, não tive dúvidas. Você era nosso filho. A enfermeira ainda falou que você iria ficar mais moreninho, mas não quis saber de cor de pele, de olhos, nada disso. Eu sentia como se tivesse gerado você dia após dia, aquele tempo todo.

— Tem um lance do papai querer comprar a loja toda. Como é que foi isso?

— Saímos de lá, você só tinha as fraldas do hospital. Passamos na primeira loja de recém-nascidos a que Vera nos levou. Seu pai, abobado, queria comprar tudo o que via. Por ele, levaríamos a loja inteira. De volta, viemos quase a dez por hora, tais os cuidados para não acordá-lo, para não enjoá-lo, para não machucá-lo. Parecíamos dois bobos. Parecíamos não, estávamos bobos mesmo. Na verdade, vínhamos devagar porque chovia muito. Seu pai, que já havia escolhido o seu nome...

— E que nome, hem, mãe? — Aquiles gracejou.

— Até que achei bonitinho! Quando ele me contou a história do Aquiles mitológico, achei lindo! Ele poderia ter escolhido *Hércules*, *Teseu*, *Ulisses*, tantos outros nomes...

— *Ulisses* até que seria ajeitado. Já pensou a gozação que a molecada da vizinhança ia fazer se eu me chamasse *Teseu*?

— Seu pai dizia que o seu xará da mitologia, quando nasceu, foi imerso nas águas de um rio lá da Grécia para ficar invencível. Só a parte do calcanhar é que não foi banhada nas águas, ficando vulnerável.

— Daí se falar em calcanhar de aquiles, que quer dizer "o ponto fraco de alguém". O Ratinho, sempre que entro na perua, pergunta se o calcanhar está doendo, se inchou, se está quente ou frio, essas perguntas bobas.

— E o Armando dizia que a chuva que caía simbolizava também a sua invulnerabilidade, a sua imersão no Rio da Vida. Achei até muito poética a comparação.

— Aliás, o papai é sempre muito poético.

— Ah, isso é verdade! Quando você começou a crescer, pensei em guardar segredo da adoção, não lhe contar nada...

— Mas não ia adiantar guardar segredo, né? Moreno como sou, não ia demorar muito em saber que era adotivo.

— É verdade. Seria bobagem minha...

— Eu me lembro, quando era pequeno, que você dizia haver uma mãe da barriga, que me gerara, e você, que era a mãe do coração, a que me criara.

— Seu pai mesmo era de opinião que, se eu escondesse a verdade, estaria fazendo como a mãe do Aquiles mitológico...

— Por quê? Ele também era adotivo?

— Não. A mãe dele, querendo protegê-lo, já que ele seria enviado para a guerra de Tróia, hipnotizou-o, vestiu-o com trajes femininos, escondendo-o entre as filhas da corte de um rei lá daquelas bandas. Esconder sua origem, segundo seu pai, era o mesmo que superprotegê-lo, que não deixá-lo ir à Guerra da Vida. Ainda bem que mudei de ideia... — emocionada, Marisa prosseguia: — Uma vez você quis conhecer sua mãe da barriga. Com esse caso dos bebês, fico pensando se você não está novamente...

— Não, já naquela época eu logo desisti da ideia. Eu tinha uns treze anos, não é?

— Quatorze. Estava numa baita crise de identidade. Fiquei preocupada porque você poderia se frustrar muito.

— O que me inquieta, mãe, é que esses bebês, que estariam tão bem em seus lares, foram levados à força, sabe-se lá pra onde...

— Você vai descobrir, filho. Estou sentindo isso. Mais cedo ou mais tarde, encontrará uma pista, sei lá. Dê tempo ao tempo...

Por mais meia hora ainda, Aquiles ficou conversando sobre sua origem, sua infância, sua adolescência, sua vida. Ele precisava desabafar, falar com a mãe, dizer o quanto as reportagens estavam mexendo com sua emoção. Quando terminaram, era hora de irem para casa.

13 FLORES

À noite, na hora do jantar, Aquiles pediu à mãe:
— Dá pra você fazer um favor para mim? Eu ia pedir à tarde, acabei me esquecendo... — Mas, vendo Vítor se aproximar da mesa, ficou com receio de prosseguir.
— Diga, Aquiles, o que você quer?
— Não... é que... hoje... Eu falo depois...
— Com segredinhos com a mamãe, mano? — Vítor percebeu logo o que se passava. — Não precisa esconder o jogo, não.
— Diga, filho. Qual é o favor? — Marisa o encorajava.
— Hoje à tarde, encontrei a Flávia, a irmã do Bruno Eduardo, o bebê do hospital, e... Bom, ela esqueceu uma agenda no táxi, quando fui levá-la e...
— Levando as menininhas em casa de táxi, é? — Vítor ironizou, implacável.
— Sabia que vinha gozação...
— Continue, Aquiles! — a mãe estava interessada.
— Ela esqueceu a agenda e eu queria que a senhora mandasse para ela...
— A mãe é que tem que mandar? Telefona e manda ela vir buscar, mano! — Vítor sugeriu.
— Não, eu não queria nem que ela viesse buscar e nem que eu fosse levar...
— Mas aí fica difícil. Não quer levar, não quer que a garota busque... Que carinha complicado! — Vítor se deliciava com o embaraço do irmão.
— Mãe, queria que você mandasse o empregado lá da floricultura fazer um buquê de rosas e enviasse com a agenda junto...
— O quê? — Vítor engasgou, tossindo muito. — Mandar flores pra gatinha? Com que, então, o solteirão está apaixonado...
— Não enche, Vítor! — Aquiles tentou cortar o assunto.
— Logo você que vivia me gozando, quando eu comecei a namorar firme a Analu, lembra-se? Agora está aí... Todo florido, buquê pra cá, buquê pra lá...
— Vítor, tá bom, pare! Você já fez sua vingancinha particular. Agora deixe seu irmão me explicar direito...
— Não tem o que explicar, mãe! Aquiles caiu na rede! Tá perdidão pela mina...

— E o bilhete, não tem nada pra mandar junto, filho? — Marisa gostou da atitude de Aquiles.

— Tem, mas amanhã cedo eu dou pra você... — E, olhando para Vítor que acabara de jantar: — Dou fechado, colado, lacrado... — Aquiles frisou as palavras, deixando claro ao irmão que ele não o leria.

No dia seguinte, na hora do café, Aquiles apareceu não com um cartãozinho, mas com um cartão enorme.

— Estou falando que a coisa é séria... — Vítor voltou à carga. — Olha só o tamanho do cartão que o apaixonado vai mandar...

Quando Flávia chegou da escola, recebeu a agenda e, admirando as flores, abriu o cartão. Leu, comovida:

Você esqueceu seu diário no táxi.
Estou devolvendo. Não se preocupe.
Encontraremos Bruno Eduardo.
Palavra de escoteiro.
  Do amigo,
  Pé de cana

14 QUEM ROUBOU OS BEBÊS É DONA DE UMA PADARIA

Dois dias depois, Aquiles acabara de fazer uma reportagem sobre a possível restauração do Teatro Pedro II, incendiado anos atrás, quando sua chefe chamou-o pelo rádio.

— Aquiles, um tal de seu Mário, motorista da Praça XV, ligou para você. Câmbio!

— Motorista de táxi, Rô? Câmbio!

— É. Parece que ele quer falar sobre o roubo dos bebês. É para você procurá-lo. Câmbio!

— Vou nessa, Rô! Brigadão. Câmbio!

Aquiles se lembrava perfeitamente do motorista. O ponto de táxi era perto do Teatro Pedro II, do outro lado da praça. Dava para ir a pé.

— Ratinho, Tadeu! Vocês arrumam o material aí na barca, eu vou dar um pulo ali no ponto de táxi.

— Tudo bem.

— Cadê seu Mário? — Aquiles, apressado, foi indagando a um motorista, tão logo chegou ao quiosque do ponto.

— Tá chegando, estacionando o carro no fim da fila... — O motorista apontou o colega.

— Seu Mário, o senhor telefonou pra mim... — Aquiles aproximou-se.

— Ah, é você! — O homem reconheceu Aquiles imediatamente. — Tenho uma informação para dar. Vamos falar com o Genésio. Depois que eu falei com você, pedi ao pessoal que trabalha no ponto para me dar qualquer informação que soubessem sobre o caso. O Genésio tem alguma coisa.

Aproximando-se do quiosque, seu Mário se dirigiu a um motorista.

— Genésio, esse moço é o da televisão, do caso dos bebês roubados — seu Mário apresentou Aquiles ao colega.

— O senhor tem alguma pista para me dar? — O repórter estava ansioso.

— Tenho, sim. Ontem à noite, fiz uma corrida para um casal que ia pegar uma criança pra criar... Puxei conversa, fui dando corda pros dois. Até menti que eu tinha um filho de criação... Bom, pra encurtar, eles me disseram que iam na casa de uma senhora chamada Marly, que arranjava crianças...

— Falaram assim, na lata? — Aquiles estava satisfeito, pois a pista era quente mesmo.

— Não falaram exatamente assim. Mas disseram que a mulher conhecia mães solteiras, que intermediava... Usaram essa palavra mesmo, "intermediava", entre quem não queria criança e quem queria pegar pra criar...

— E onde ela mora?

— Ela é dona de uma padaria. Até anotei o endereço pra passar ao Mário. Aqui está.

— Ótimo, seu Genésio! — Aquiles leu e guardou o papel. — Nem sei como agradecer a vocês!

— E nem precisa, moço! Nós, motoristas, somos muito unidos. A gente está aqui pra ajudar. Se soubermos mais coisas, eu comunico — seu Mário apertou a mão que Aquiles lhe estendeu.

---

15 LIGEIRAMENTE GRÁVIDA

Enquanto Aquiles voltava ao caso dos bebês, Vítor ainda estava às voltas com os segredos de Ana Luísa. A namorada continuava arredia, desatenta. Possivelmente guardava um grande segredo. Mas qual? Foi seu pai quem chamou a atenção, quando Vítor, uma noite, desligou o telefone.

— Analu, precisamos conversar. Há dias que venho sentindo que você está esquisita... Tá, não acredito que não haja nada... Mas, hoje, no intervalo, você me esnobou de novo, não deu a mínima pra mim... Aliás, faz tempo que você vem me esnobando... Hoje, ontem, anteontem... Todo dia você fica enjoada, com tontura? E não adianta querer desligar o telefone na minha cara... Desembucha o que você tem contra mim, vai!

Ana Luísa já tinha desligado o telefone. Armando, que passava ali perto, comentou:

— A Ana está parecendo Cérbero, filho!
— Que Cérebro, pai?
— Eu disse Cérbero... CÉR-BE-RO!
— Quem é esse cara?
— Não é um cara. É um cão. O cão de três cabeças, que guardava o Inferno grego... Você já se perguntou por que ela está guardando um segredo e não quer se abrir com você? — Armando lançou a pergunta para Vítor ficar meditando.

Naquela mesma manhã, no ônibus, Cristiane tinha chamado Ana Luísa.

— Senta aqui comigo. O que está acontecendo com você? Somos amigas, mas parece que você está me evitando... Algum problema?

A jovem estava com problemas sérios. Até agradecia por a amiga tomar a iniciativa da conversa.

— Cris, estou precisando me abrir com alguém, mas quero segredo absoluto. É secretíssimo.

— E eu sou de ficar fofocando por aí? — Cris levou os dedos em cruz à boca, prometendo segredo absoluto.

— Não, nunca vi você fofocar sobre ninguém — Ana Luísa confirmou.

— Sou muito estabanada, meio loucona, mas não gosto de fofocar. Ainda mais quando me pedem segredo secretíssimo.

Ana Luísa sorriu, aliviada.

— Sabe o que é, Cris, estou preocupada. Minha menstruação anda atrasada e... — Ana estava sem jeito.

— Anda atrasada e você tem medo de estar grávida — Cris foi direto ao assunto.

— Credo, Cris! Você fala assim, de um jeito como se eu pudesse estar grávida mesmo...

— E não pode? A menos que você seja anormal...

— É que eu nunca pensei que isso pudesse...

— ...acontecer com você, não é? — Cris tocou fundo na ferida.

— É... mais ou menos isso... — Ana Luísa gostou da maneira como a amiga conduzia a conversa, sem rodeios, mas sem indiscrição também.

— Mais para mais, não é? Ou é que nem naquela música: "Mamãe, acho que estou ligeiramente grávida"?

As duas riram e se descontraíram, neste momento dramático para Ana Luísa.

— Você já dividiu com o Vítor este pesado problema? — Cris continuava a falar diretamente, deixando a amiga à vontade.

— Não, não disse nada. Na verdade, ele nem faz ideia, nem sonha com algum problema deste tipo...

— Por que não? Ninguém fica grávida sozinha, Ana! A não ser por obra do Espírito Santo. Mas que eu saiba, só Nossa Senhora teve essa felicidade... — Cris ironizou.

— Para o Vítor tudo se resume aos vestibulares que vai prestar no final do ano. Está confiante em entrar direto, sem fazer cursinho... Tenho medo de dizer a ele, sabe? Não tenho certeza ainda e, se isso for verdade, vai fatalmente mudar os planos dele... Estou muito confusa, Cris! O que eu faço?

— Falar com sua mãe, nem pensar? — Cris sondava a situação familiar de Ana Luísa.

— Nem pensar. Você sabe como é a minha família. Meu pai é daqueles criados à antiga, entende? Dificilmente temos diálogo. Nunca consegui conversar sobre problemas de formação, de vida, com eles... Ainda mais problemas de sexo!

— Estamos chegando, Ana. O que você vai fazer à tarde?

— Estudar... Se bem que não consigo me concentrar em nada...

— Tenho uma ideia... De repente, acendeu uma luzinha aqui. Por que você não vem ao meu apartamento hoje à tarde? Gostaria de apresentá-la à minha vizinha, a Margarete.

— Vizinha?

— É. A Margarete é uma pessoa incrível. É viúva, faz comida congelada para fora. É aberta, de bem com a vida, um amor. Batemos longos papos sobre namoro, sexo, essas coisas... Ela dá ótimos conselhos. Você vai adorar conhecê-la.

16 TU CHEGASTE A TER RELAÇÃO SEXUAL COM ELE QUANTAS VEZES?

Margarete, como Cristiane tinha explicado, enviuvara há anos. Sem filhos, ocupava o tempo livre em obras assistenciais, na periferia da cidade. Isso quando arrumava tempo livre, porque vivia muito ocupada com o trabalho de congelados finos. Cozinheira de mão-cheia, quando a viuvez chegou, tratou de colocar seus dons culinários à prova.

Cristiane foi encontrá-la com a mão na massa, envolvida no preparo de vários pratos.

A jovem contou rapidamente o drama de Ana Luísa. Margarete escutou com muita atenção. Imediatamente, prontificou-se a ajudar a jovem.

— Eu tinha alguns compromissos, algumas compras a fazer, Cris, mas vou suspender todos eles para conversar com tua amiga.

— Legal, Margarete! Puxa vida, você não sabe como isso me deixa feliz!

À tarde, uma Ana Luísa nervosa e envergonhada se afundava no sofá da sala de Margarete.

— ... E o pior é que meus pais são muito rigorosos. Eles sabem por alto que estou namorando o Vítor. Para sair, ir a um aniversário, ao cinema, é sempre uma negociação sofrida, cheia de ameaças, de vaivéns, de medo.

— E o teu relacionamento com esse guri, como é? — Margarete, sentada na frente dela, procurava se inteirar de sua vida amorosa.

— Com o Vítor, dona Margarete?

— Dona? Sou tão velha assim? — a vizinha de Cristiane reclamou.

— Desculpe... O Vítor tem a cabeça-feita. Está no terceiro colegial e vai prestar para Medicina no final do ano. É carinhoso, gosta de mim, leva o nosso relacionamento a sério.

— Mas ele também tem que dividir a responsabilidade contigo, se tu estiveres mesmo grávida.

— É isso que me assusta, don... Margarete! Que ele não assuma a paternidade do filho.

— Homens, querida, aprenda isso de uma vez por todas, são sempre homens. Na hora agá, desconversam... — Margarete

estava sendo muito genérica. — Antes de mais nada, Ana, me responda uma coisa importante: quanto tempo faz que tu estás tendo sexo com ele?
   — Mas eu não estou tendo sexo com ele, Margarete! — Ana Luísa respondeu, ofendida.
   — Tu chegaste a ter relação sexual com ele quantas vezes?
   — Só uma vez... — Ana Luísa foi clara. — Nós havíamos voltado do aniversário de uma amiga. Uma permissão concedida a duras penas por meus pais. Quando ele foi me deixar em casa, tudo estava tão maravilhoso... A música ainda em nossos ouvidos, eu sentindo o corpo a rodar, a dançar... Estávamos tão envolvidos, tão apaixonados... — Ana Luísa se emocionava, o olhar fixo, recordando. Com um suspiro, ela continuou: — Foi um momento de entrega, de muito amor. Não foi algo feito com sentimento de culpa, de pecado... — Voltando à realidade, ela não entendia como poderia ficar grávida com uma única relação sexual.
   — Ana, minha ingênua guria! Deixe-me explicar algumas coisas básicas... — E Margarete passou a comentar o processo de fecundação.

17 AQUILES GRÁVIDO

   — Rô, já tenho uma pista quentíssima! — Aquiles estava vibrando ao entrar na redação, depois da conversa com o motorista de táxi.
   — Qual, Herói Grego? — A chefe parou de digitar uma notícia para o jornal da tarde.
   — O negócio é o seguinte: aquele motorista do centro da cidade me deu o endereço de uma mulher que, segundo ele, arruma crianças de mães solteiras...
   — E daí?
   — Daí que, se é o que eu estou pensando, e tenho certeza de que é, esta mulher, eu poderia... — Aquiles parou de repente, todos na redação olhavam para ele.
   — Poderia? — Rosana indagou, com as sobrancelhas arqueadas em interrogação.
   — Bem... Poderia... — O repórter procurava agarrar uma ideia que lhe fugia, levantando voo. — Poderia...
   — Entrevistá-la? É isso que você quer dizer?

— Isso mesmo, Rô! Que tal? — Aquiles sentia que a ideia era péssima.

— Nada feito, Herói Grego. Se ela é mesmo culpada, você acha que vai dar o serviço assim, bastando botar um microfone na cara dela? Precisamos pensar em algo mais consistente. Vamos deixar amadurecer esta ideia, tá? — Rosana acabava de jogar um balde de água fria no entusiasmo de Aquiles.

— Entendi, Rô! É preciso pensar em algo mais concreto, mas o quê, meu Deus?

— O que há de concreto, por enquanto, Herói Grego, é só mesmo a pauta de hoje — a chefe retornou ao assunto do trabalho.

— O que temos de interessante?

— De interessante não tem muita coisa. A Festa do Peão de Boiadeiro, em Barretos, já tem gente para cobrir. Para você, hoje cedo, tem a reunião dos aposentados, que, como sempre, estão na luta por um reajuste. Vai lá, entrevista os velhinhos. Pede para o Tadeu não se esquecer de filmar os vencimentos deles, com a miséria que recebem. Depois, você tem que entrevistar o curador de menores sobre a falta de local para prender os menores infratores da cidade. Agora, de interessante tem o nascimento dos trigêmeos.

No caminho da primeira reportagem, Aquiles trocava ideias com Ratinho e Tadeu.

— E se você pegasse um travesseiro, como eles fazem nas novelas, amarrasse na barriga, botasse uma peruca, batom e fosse lá, tentando dar o seu nenê? — Ratinho sugeriu a Aquiles.

— Só que, com essa voz de Pavarotti que você tem, vai ser difícil ela cair na armadilha — Tadeu interferiu.

— Fico imaginando a cena... — Aquiles editava em voz alta as imagens: — Eu, todo embonecado, alto como sou, uma barriga grandona, dizendo: "Dona, quer ficar com o moleque pro cê?". Ela ia me enxotar de lá a paulada, isso sim!

— Paulada e vassourada! Depois a gente fazia uma matéria entrevistando o amarrotado Aquiles. "Como foi que tudo isso aconteceu, dona Aquilas?" — Ratinho imitava o rapaz em suas reportagens. — "Bem, eu queria dar o meu bebezão pra essa maluca vender pra alguém, mas quase fui linchado. Ela ainda me paga, esta bandida, salafrária, perua, cretina..."

E os três riam, imaginando o repórter vestido de mulher, diante das câmeras.

— Já sei. — Ratinho brecou forte em um sinal fechado.
— Se você não pode ir vestido a caráter, a ruivinha que você consolou, lembra-se? Ela pode.
— Ratinho, que ideia brilhante! Vou falar com ela hoje mesmo.

18 VOCÊ QUER SER MINHA NAMORADA?

A ideia de Ratinho não só era brilhante, mas um verdadeiro diamante, já que ainda ajudava na aproximação dos dois. Aquiles telefonou. Flávia demonstrava alegria.
— Oi, Aquiles! Que bom que você telefonou... Antes de mais nada, queria agradecer as flores. Estavam LIN-DÍS-SI-MAS! Amei recebê-las. Você demonstrou que é muito sensível...
O repórter não aguentava de alegria. Sabia que as rosas funcionaram como um tiro certeiro — pof! —, bem no centro do alvo. Seu pai diria que era uma verdadeira flechada de Cupido, o deus do Amor.
— Eu estava até preocupado. Fiquei esperando e você nem me ligou para agradecer...
— É que não tenho seu telefone... Depois foi tudo muito corrido nesses dias. Por que você não vem me ver hoje à noite? Aí, mostro como fiquei contente...
Era o que Aquiles queria. Combinaram de se encontrar às oito, em frente do prédio de Flávia.
Quando estacionou o carro, a ruivinha já o esperava. Tão logo o rapaz veio ao seu encontro, Flávia estendeu o rosto para um beijo de boas-vindas.
— Como você está linda, Flávia!
A moça agradeceu o elogio com um sorriso. Convidou-o a se sentar em um dos bancos do saguão do edifício.
— Seus pais, como estão? — Aquiles quis saber.
— Assim, assim, coitados! Depois vamos vê-los. Mas, você disse ao telefone que tinha um plano para me contar.
Rapidamente, entusiasmado, Aquiles esboçou seu projeto.
— Você está maluco, Aquiles! — Flávia reagiu negativamente.
— O plano é infalível. É que você não escutou direito. Veja...
— E Aquiles recomeçou a tentar convencê-la: — Eu e você iríamos até à padaria dessa senhora. Você, travestida de grávida, muito envergonhada, demonstraria a maior tristeza e arrependi-

— Flávia, o plano é infalível. Deixe-me explicar,
depois você fala — Aquiles tentava convencer a garota.

mento do mundo, dando a entender que não quer de jeito nenhum ficar com a criança...
— Mas...
— Calma. Deixe-me explicar tudinho, depois você fala. Aí eu entro e digo que estamos sem dinheiro, que, se pagasse as despesas do hospital, ela poderia encaminhar o bebê para uma família...
— Eu não conseguiria manter a calma. — Flávia interrompeu a explicação.
— Mas você não quer fazer Jornalismo?
— Jornalismo é uma coisa, teatro é outra. Não tenho veia para teatro, sabia? Eu ia pôr tudo a perder.
Quando o casal subiu ao apartamento, expuseram o plano a Geraldo.
— Aquiles, se você insistir, a Flávia até vai. Mas pode estragar tudo — o pai da moça opinou.
— Também acho. — Águida concordava com o marido.
— Vocês precisavam arrumar alguém que não estivesse envolvido emocionalmente com o caso.
A cada frase de Flávia e de seus pais, Aquiles via que seu plano não os convencia. Já no elevador, despedindo-se, Flávia lembrou de um detalhe importante:
— É você chegar lá e a mulher vai dizer: "Vamos entrar, senhor Aquiles. Que bom tê-lo em minha casa. Você é igualzinho na televisão... Como é, já descobriu quem roubou os bebês?".
— E você? Você acha que sou igualzinho como apareço no vídeo? — Aquiles direcionava a conversa para seu interesse por Flávia, mudando o tom de voz.
— Não... Eu diria que você é mais charmoso pessoalmente.
— A ruivinha sorriu, entendendo onde ele queria chegar.
— Isso é uma declaração?
— Não. É apenas uma constatação.
— Bom... Mas eu tenho uma declaração a fazer... — Aquiles ia pedi-la em namoro.
— Qual?
— Desde que vi você, fiquei muito impressionado... — O rapaz tratou de apertar o botão de emergência, parando o elevador entre dois andares.
— É? — Flávia sabia o que iria ouvir. Por seu lado, o sentimento era o mesmo.
— E... bem... Flávia, eu me sinto muito bem a seu lado, sabia?
Depois de uma pausa longa, Aquiles perguntou:

— Você quer ser minha namorada?
Não foi preciso repetir a pergunta. Flávia sorriu, Aquiles aproximou seus lábios dos dela. Trocaram um beijo terno, afetuoso.

19 VÍTOR, UM ASSASSINO

Definitivamente, Aquiles não poderia se apresentar à dona da padaria. Era preciso arrumar um substituto. Como Flávia também se opunha à ideia de passar por grávida, o jeito seria contar com Vítor e Ana Luísa.
— Você acha que dá certo, Aquiles? — Vítor perguntava, os dois ocupando o carro do repórter, que tomava a direção do Santos Dumont.
— Lógico que dá, Vítor! — O irmão mais velho encorajava o mais novo, vendo que ele estava prestes a aceitar a proposta. — O que precisa é ter cara de pau, sangue-frio, comunicação fácil...
— Isso tudo eu tenho... — Vítor se convencia de que era talhado para a missão. — Só vejo um problema, mano. Analu pode não topar a parada...
— E onde está o seu poder de persuasão? — Aquiles lustrava os brios do irmão, massageando o seu ego.
— Vamos ver se consigo... Ela anda meio xarope...

Mais tarde, na saída do colégio, Vítor tentava convencer a namorada da importância da missão.
— Puxa vida, Analu! Não há perigo algum...
— Vítor, não vou servir de palhaça em plano nenhum. — A jovem se irritava.
— Não se trata de palhaçada. É questão apenas de colaborar... — Vítor insistia, entusiasmado.
— Não me faça perder a paciência...
— Mas, amor, não tem perigo...
— Lógico que tem...
— Nada! Você nem precisa falar. Deixa comigo, que eu ganho a mulher na conversa...
— O que você vai dizer?
— Chegamos lá, depois de telefonarmos, e dizemos que fomos indicados por um amigo que já usou os serviços dela... Depois, digo que você está grávida... Como somos estudantes,

não temos condições de assumir o bebê. Nossos pais nem aceitam falar na ideia. Falo que propus fazer um aborto, que você ficou indecisa, mas depois fincou pé na ideia de não matar o nenê...

Ana Luísa virou-se no banco onde estavam sentados, olhou no fundo dos olhos de Vítor e disparou à queima-roupa:

— Você teria coragem de assassinar nosso bebê?
— Não faça drama, Analu! Não se trata do nosso bebê, poxa!
— Como não? Como não se trata dele, Vítor? — E Ana Luísa continuava a olhá-lo fundo nos olhos, enquanto rolava uma lágrima dos seus.
— O que você quer dizer com isso, Analu? — Vítor fez um ar de completo espanto.

A jovem não respondeu. Apenas estendeu um envelope timbrado de um laboratório de análises clínicas. Tremendo, Vítor abriu o envelope e ficou branco como o papel ao ler a palavra *positivo* no resultado.

— O que isso quer dizer?...
— Eu não queria acreditar... Fiz um teste na farmácia, levada pela Margarete, uma viúva, vizinha e amiga da Cristiane. Deu positivo. Ela também me levou a um laboratório, a pedido do médico que me consultou. Você ainda me pergunta o que isso quer dizer? Quer dizer que estamos grávidos, Vítor!
— Eu, não senhora! Se você está, o problema... — Vítor interrompeu o que ia dizer, confuso, perdido.
— ... Ô-ô-ô, o problema é seu. Não era isso que você ia dizer? — Ana Luísa completou, fulminando um olhar de desprezo para o namorado.
— Não... quer dizer... não é bem isso... — Vítor queria consertar, mas se atrapalhava todo. — Ana, como isso foi acontecer? — Vítor estava perplexo.
— Como? Deixe-me ver... — Ana Luísa assumiu um ar bem irônico. — Talvez tenha sido Papai Noel... Não, não estamos no Natal. Quem sabe a cegonha? Isso mesmo! Foi a cegonha... Sabe, um dia, depois de um aniversário, Ana Luísa e Vítor, dois adolescentes, estavam no corredor da casa dela, apaixonados, jurando eterno amor, quando escutaram o farfalhar de asas. Olhando para cima, viram uma linda e maravilhosa cegonha, que portava na ponta de seu longo bico...
— Chega de ironias, Ana! Não sei o que vamos fazer... Eu estava tão confiante no vestibular do fim do ano... Tinha tantos planos para o futuro...

— Não complique mais a situação,
Analu. Precisamos pensar racionalmente — aconselhava Vítor.

— A sua reação, Vítor, era o que eu mais temia. Margarete tinha me falado mais ou menos como você reagiria.
— Como assim? Ela me conhece, por acaso?
— Não, mas conhece os homens. Em vez de mostrar dignidade, assumindo nosso bebê desde o começo, sua primeira reação qual foi? Rejeitar a responsabilidade, negar a paternidade, não foi? — Ana Luísa continha as lágrimas com dificuldade.
— Não complique mais a situação! Precisamos pensar racionalmente.
— Fique pensando racionalmente, Vítor. Eu estou indo embora...
— Analu, espere! — Ele se levantou.
— Me deixa só, Vítor! — Ana Luísa foi imperativa, abandonando rapidamente o local.

20 JEITÃO DE PAI QUE NÃO QUER ASSUMIR NADA

À noite, Aquiles levou a namorada até sua casa, para apresentá-la aos pais.
— Mãe, essa é a Flávia, irmã do Bruno Eduardo.
— Olá, minha filha, como vai? — Marisa cumprimentou a ruivinha sardenta. — Meu filho tem falado muito de você!
— Bem ou mal? — Flávia sorriu, simpática à mãe de Aquiles.
— Pessimamente... — Marisa brincou. — E fala tanto que tenho certeza de que ele está seriamente interessado por você.
— Interessadíssimo! — Aquiles abraçou a namoradinha.
— Então você é que é a musa do jovem Aquiles? — Armando entrou na sala, cumprimentando também a moça. — Seja bem-vinda à nossa casa, Flávia!
Os quatro conversavam animadamente, quando o irmão mais novo chegou.
— E aí, Vítor, a Analu topou ou não? — Aquiles, que ainda não vira o irmão desde cedo, perguntou imediatamente.
— Esquece essa história, tá legal? — Vítor respondeu rispidamente, mal acenando com a cabeça em direção a Flávia. Foi para seu quarto, batendo a porta atrás de si.
— O que deu nele, mãe? — Aquiles olhou para Marisa, sentada na poltrona a sua frente.

— Talvez tenha se desentendido com a namorada devido a sua genial ideia... — a mãe ironizou.

— Sabe o que eu acho, filho? — Armando compreendia o que se passava com Vítor, mas preferiu aguardar o momento certo para conversar com ele. — Isso tem de ser resolvido por gente mais adulta, ou mesmo pela polícia. Vocês ficam querendo resolver sozinhos... Até parece filme da sessão da tarde, ou esses livros juvenis, onde os garotos bancam os detetives, desvendando assaltos, prendendo ladrões, fazendo e acontecendo... A vida é bem mais complicada que a ficção. Se essa tal Marly tem culpa no cartório, não vai entrar na conversa de adolescentes como o Vítor e a Analu. Este é um trabalho para profissionais.

— No caso, seria a polícia. Mas não creio que o doutor Pinheiro tenha conseguido desvendar alguma coisa...

— Você falou "doutor Pinheiro"? Eduardo Pinheiro? — Armando parecia conhecer o nome.

— É o delegado titular encarregado do caso.

— Ele é um loiro, alto, um tipo bem europeu?

— Esse mesmo.

— Que interessante! Ele foi meu amigo nos tempos de colégio... Que tal se você falasse com ele, expusesse essa pista, contasse da sua vontade de colaborar... Eu poderia ir com você até lá.

Eduardo Pinheiro, o titular do Distrito Policial, recebeu Armando e seu filho com muita satisfação.

— Armando, há quanto tempo, hem? — O delegado levantou-se para abraçar o amigo de adolescência.

— Edu, velho de guerra! Você sempre o mesmo, não mudou nada... — O pai de Aquiles correspondeu ao abraço.

— Você continua lendo muito? Lembra? No nosso tempo, você era uma verdadeira traça-de-biblioteca. Adorava aquelas histórias mitológicas, dos deuses do Olimpo. Até dizia que seu filho iria se chamar Teseu... Espero que não tenha cumprido a promessa...

— Não, não se chamou Teseu. — Armando colocou a mão no ombro do filho. — Ficou sendo Aquiles.

— Um nome bem palatável, como dizem os políticos. — Eduardo olhou mais atentamente para o rapaz, enquanto lhe estendia a mão. — Espere! Conheço você de algum lugar... Você não me é estranho...

— Sou repórter de televisão. Estivemos juntos no dia do roubo do recém-nascido...

— Exatamente, exatamente... — o delegado interrompeu o jovem. — Então, você é filho do Armando? Mas como esse mundo é pequeno! Seu pai e eu fomos muito amigos no tempo de colégio...

— Ele me contou. Esta — Aquiles apontou a moça a seu lado — é Flávia, irmã do Bruno Eduardo, o bebê roubado, e minha namorada. Aliás, é por ele que estamos aqui, doutor! Não sei como andam as investigações, mas...

— Andam a passos de tartaruga. Nosso grande problema, Armando, é a falta de mão de obra.

— Realmente. Estou na universidade em Araraquara e acontece o mesmo por lá...

— Mas você dizia... — doutor Pinheiro deu a palavra a Aquiles.

O repórter falou do seu envolvimento no caso dos bebês, da pista que o motorista de táxi havia passado e do seu plano. O pai completou:

— Ele e Flávia até queriam ir à casa dessa mulher, mas sugeri que procurássemos você.

— Fez muito bem, Armando! Não estamos diante de um caso isolado. Com o roubo do bebê de São Joaquim, percebemos que se trata de uma quadrilha...

— Quadrilha? — Flávia se espantou com a palavra de significado pesado e ameaçador.

— O que o leva a pensar em quadrilha, doutor? — Aquiles também entendia que o caso se tornava mais complexo e perigoso.

— Como falei, não é um caso isolado. Estamos diante de uma quadrilha, de profissionais, gente organizada. Não podemos tratá-los com amadorismo. Você fez bem em procurar a polícia.

Depois de saber dos planos de Aquiles, doutor Pinheiro pediu que esperassem um momento. Ao voltar, estava acompanhado de um jovem alguns anos mais velho que o repórter.

— Quero apresentar a vocês o Jardim. Ele é meu investigador e pode ser muito útil no plano — disse o delegado, pondo o detetive a par do tema da conversa. — Você se sente à vontade para esta missão, Jardim? — Flávia e Aquiles torciam para que ele "comprasse" a ideia.

— Bem, parece fácil. É só arrumar um encontro com essa mulher, dizer que minha namorada teve um filho, que não temos condições de assumi-lo, enfim, negociar a doação da criança...

— Isso, Jardim! Você pegou a ideia... — doutor Pinheiro confiava no investigador. — É ir lá com jeitão de pai que não quer assumir nada, jogar a isca, deixar que ela morda, para agirmos. Se ela estiver implicada, certamente cairá. Se não estiver, voltamos à estaca zero. Mas não podemos deixar de investigar essa pista...

21 UM SOCO NA BOCA DO ESTÔMAGO

Tão logo Ana Luísa chegou em casa no dia em que se abrira com Vítor, Julieta perguntou à filha o que estava acontecendo:
— Você está com cara de quem chorou, filha! O que houve?
A jovem deu uma desculpa qualquer e já ia deixar a sala, quando Gonçalo, seu pai, obrigou-a a sentar à mesa.
— Sente-se aí, Ana Luísa! Não é de hoje que eu e sua mãe estamos percebendo seu comportamento anormal. — Gonçalo queria pôr a situação em pratos limpos.
— Você fica aí pelos cantos, chorosa, preocupada, pensativa... — Julieta mostrava-se amiga, sabendo que Gonçalo tinha estopim curto: seu nervosismo poderia explodir a qualquer momento, caso a filha insistisse em guardar segredo de seus problemas.
— Não é nada, mãe... — Ana Luísa percebia que chegara a hora de se abrir com os pais, embora não soubesse por onde começar e certa de que teria de enfrentar uma tempestade paterna.
— Como não é nada, menina? Olha as notas baixas na escola. E você tem obrigação de tirar notas boas. Você só estuda, não faz outra coisa na vida... — Gonçalo começava a aumentar o volume da voz.
— Pai, estou grávida!
A frase quase gritada por Ana Luísa mergulhou a casa num silêncio profundo.
Gonçalo, pálido, poderia esperar tudo, menos aquela declaração. Era como se tivesse levado um soco na boca do estômago. Perdeu a respiração. Julieta, a princípio, não se preocupou com a filha, mas com a reação que o marido poderia ter.
Tomando coragem, Ana Luísa levantou-se e correu para seu quarto. Julieta foi ter com ela, para evitar que o marido fosse.
No quarto, a jovem, corpo jogado sobre a cama, afogava as mágoas no travesseiro. Soluçava forte, num choro desesperado, há muito tempo reprimido.

— Filha, mas que irresponsabilidade! Até parece que quer agredir a gente... Tanto trabalho para criar você e é assim que agradece? Nem sei o que seu pai vai fazer, que atitude vai tomar...

22 DONA MARLY, A SENHORA ME OFENDE

O investigador Jardim, conforme o combinado, telefonara para dona Marly. Muito disponível, a mulher marcou encontro na padaria.

— Bom dia, você quer falar comigo? — Uma senhora magra, sorridente, cabelos castanho-claros, curtos, veio ao encontro do jovem policial, assim que ele, entrando na padaria, perguntou por ela. — Chegue aqui para dentro...

Jardim acompanhou-a até o escritório, onde se sentaram.

— Bem... — Jardim estava reticente, estranhando aquela gentileza. — Meu nome é Jardim. Eu e minha namorada estamos desesperados, dona Marly! Somos estudantes de Direito e... ela acabou engravidando e...

— Ou será que foi você quem a engravidou? — Marly perguntou objetivamente, desconcertando Jardim, que, sem graça, retomou a conversa.

— Pensamos até em aborto, num primeiro momento, mas vimos que era uma ideia absurda... Enfim, ela acabou tendo a criança... Mas não podemos assumir essa filha. Ainda estou estudando... ela também... E não é justo que a criança fique sofrendo conosco... Daí resolvemos entregá-la para alguém que possa lhe dar um lar onde seja feliz, onde seja acolhida com amor...

— Vocês já pensaram bem no ato que vão praticar?

— Pensamos, sim. É por isso que demorei a vir falar com a senhora... Além disso, foi um parto difícil, cesariana complicada, embora nossa filhinha seja perfeita. É certo que tivemos despesas maiores que nossas possibilidades com a cesariana, com a internação no hospital, mas isso pode ser contornado... — Jardim sabia que este era um momento delicado da conversação, embora importante para provar a si mesmo que estava diante do membro de uma quadrilha.

— Vamos jogar limpo, meu jovem, sem meias palavras, nem nada nas entrelinhas? — Marly levantou o tom da voz, irritada.

— Quando você fala em gastos, está falando em dinheiro, não é? Você doa a criança, mas se houver dinheiro na jogada. Acertei?
— Dona Marly, a senhora me ofende.
— Sinta-se ofendido, então.
— Calma! Acho que podemos entrar em acordo. Pelas informações do amigo que me indicou a senhora, podemos acertar aí uma quantia razoável... — O policial tentou envolver sua interlocutora, sem êxito. Pensou em mostrar as fotos de uma recém-nascida que o pai de Flávia havia arrumado para dar mais veracidade à encenação, mas desistiu.
Marly, dando por encerrada a conversa, levantou-se.
— Sabe quem eu gostaria de ter chamado para registrar essa nossa conversa?
— Quem? — Jardim sentia que estava sendo convidado a se retirar.
— Aquele repórter da TV Ribeirão que tem denunciado os roubos de bebês.
— Repórter de televisão? — Jardim se fez de desentendido.
— Isso mesmo! Se não me engano o nome dele é Arquelau... Se soubesse que o senhor iria me fazer propostas tão absurdas, queria ter aquele repórter aqui filmando tudo, para, em seguida, dar voz de prisão ao senhor. Passe bem! — Marly apontou a porta da rua.

23 QUEM É O PAI DA CRIANÇA, QUERIDINHA?

Na manhã seguinte, ao levantar, Ana Luísa estranhou a mala em cima da mesa da sala.
— Filha — o pai, sentado ali perto, chamou a sua atenção.
— O que você fez me magoou muito. Você acaba de desonrar meu nome. Fiquei a noite toda acordado, me perguntando por quê. Por que razão você fez isso? Só para me machucar, para me arrasar? Que ingratidão, Ana Luísa! Que ingratidão... — Gonçalo estava emocionado, as lágrimas quase rolando na face traída de pai. — Você vai arrumar suas coisas, colocar tudo na mala e vai para a pensão de dona Lurdes.
— Vocês estão me expulsando de casa? — Ana Luísa estava perplexa.

— Não. É apenas até eu conseguir entender tudo isso, até eu conseguir perdoá-la...

Expulsa de casa! Quando mais precisava da compreensão e do carinho dos familiares! Ainda atônita, pegou a mala vazia e se dirigiu para o quarto. Sua mãe entrou em seguida.

— Tentei fazê-lo entender, minha filha, mas foi impossível. É melhor você ir para a pensão da Lurdes, por enquanto. — E estendeu a mão, dizendo: — Tome este dinheiro. Você vai precisar dele...

Com muito custo, Ana Luísa aceitou.

— Eu já telefonei para a Lurdes. Você pode ficar na pensão dela por uns dias, enquanto seu pai assenta as ideias. Não pense em tomar nenhuma atitude no momento. Mantenha-se calma, minha filha.

A pensão de dona Lurdes era o último lugar onde Ana Luísa pediria abrigo. Não gostava da conhecida de sua mãe. Sabia que era fofoqueira, interessada em diz que diz que, em bisbilhotar a vida alheia. Mas não havia outro jeito.

— Então, você está grávida, queridinha? Mas que novinha que você é! Quando sua mãe falou, nem acreditei! Mas que gracinha! — dona Lurdes a recebeu com simpatia artificial. — Quem é o pai da criança, queridinha? Eu conheço?

Ana Luísa desconversou, cansada, dando a entender que não queria conversa.

— Você quer saber é do seu quarto, não é mesmo, queridinha? Venha, vou lhe mostrar onde fica.

Segurando a moça pela mão, dona Lurdes continuava o insuportável interrogatório, chamando atenção de quem estava na casa.

— Você ainda está enjoada, vomitando muito? Isso é assim mesmo, queridinha! Depois passa. Quando eu tive minha primeira menina... — E dona Lurdes destampou a falar de suas gravidezes. Ana Luísa sentindo-se mal, pedindo para aquele corredor interminável terminar logo, querendo deitar-se assim que chegasse ao quarto.

No entanto o quarto não era nada convidativo. As paredes, manchadas, exalavam um forte cheiro de mofo.

— Como sua mãe me avisou de repente, já que essas coisas não avisam quando vão acontecer, você não terá, por enquanto, acomodações cinco estrelas. Com o tempo, vamos dar um jeito melhor.

Naquela tarde, dona Lurdes precisava fazer compras e convidou Ana Luísa a acompanhá-la a um hipermercado. Como estivesse melhor, o convite soou como a possibilidade de sair, respirar ar puro, distrair-se um pouco.

No hipermercado, surpresa, Ana Luísa encontrou Margarete.

— Oi, tu por aqui, guria! Como vão as coisas?

O sorriso de Margarete era tão acolhedor, que a moça não conseguiu disfarçar seu desespero. Aproveitando que a dona Lurdes se afastara, desaparecera no meio das gôndolas de mercadorias, ela segredou rapidamente tudo o que acontecera desde que comunicou a gravidez aos pais.

— Mas por que tu não me procuraste? Eu deixei bem claro que tu deverias me procurar, Aninha! Se quiseres, meu apartamento está às ordens. Tenho um quarto de hóspedes vazio.

Por si, Ana Luísa abandonaria imediatamente dona Lurdes e aceitaria o convite de Margarete. Mas havia seus pais. Ela não queria aumentar ainda mais a tensão que causara.

— Tudo bem, Aninha! Mas não te esqueças de me visitar. Faço questão de acompanhar tua gravidez. Se tu não apareceres, vou insistir...

A moça agradeceu. Por que não tinha uma mãe tão compreensiva como Margarete?

— Queridinha! — dona Lurdes chamava, insistente, quase gritando. — Venha ver esses enxovaizinhos aqui, venha!

Ana Luísa queria morrer de raiva.

---

24 CASAR?!

Vítor, depois que a namorada lhe contara da gravidez, perdera o ar alegre e expansivo de sempre. Preocupado, tornara-se arredio e não sabia o que fazer.

— Vítor, desabafa, vai! — O pai foi direto, os dois sozinhos na sala.

— Desabafar o quê?

— O que você foi obrigado a engolir, mas não digeriu, ou seja, problemas...

— Não há problemas, pai! — Vítor queria ter dito justamente o contrário, contando que havia problemas sim, e terríveis. Queria gritar suas dificuldades, achar a saída daquele beco.

— Como vai o namoro com a Ana Luísa? — Armando entendia que precisava ir logo ao centro da questão.

— Pai, eu tô no maior sufoco... — Vítor agarrou aquela oportunidade.

— Ela está de quantos meses?

— Como assim?... Como você adivinhou? — Vítor ficou surpreso.

— Não adivinhei, Vítor. Isso parece estar escrito em sua testa: "Minha namorada está grávida!".

Sem querer, o rapaz passou a mão pela testa. No momento seguinte, entendeu que estava sendo ridículo.

— Outro dia, ainda brinquei com você, dizendo que estava guardando um segredo como o Cérbero guarda o Inferno grego, lembra? Você, ao telefone, falou em tonturas, em enjoos... Foi aí que eu desconfiei.

— Pai, não sei como foi acontecer... — Vítor, sério, ajeitou-se no sofá.

— Saber, você sabe, Vítor! Na verdade, o que você quer dizer é que isso não poderia acontecer, não é mesmo?

— Não, não podia. Nem eu e nem ela estamos preparados para assumir um filho... A gente não tinha intenção... Foi um momento bonito do nosso relacionamento, sabe?

— Sei. Mas por causa de um momento bonito, a vida de vocês se complicou. Já pensou como isso vai mexer com seu futuro, Vítor? — Armando mostrava-se condescendente, apesar de sério. — Você nem começou a caminhada para a profissionalização... A Analu ainda é uma menina de quinze anos... Dá para entender?

— Pai, não estou precisando de um sermão... — Vítor quase chorava.

— Eu sei, filho. Mas é preciso deixar isso bem claro. Me diga uma coisa, Vítor, mas com sinceridade: você gosta dessa menina?

— Lógico que gosto! — Vítor respondeu sem titubear.

— Estou perguntando quase que oficialmente, porque, como seu pai, como responsável por você, temos de ir conversar com os pais dela. Você está disposto a se casar?

— Casar?! — Vítor quase se levantou do sofá, descobrindo, naquele momento, que teria de assumir um compromisso enorme.

— É o mínimo que ela, seus pais e a sociedade, enfim, vão exigir... Embora eu mesmo entenda que nem sempre casar, nestes casos, resolva o problema...

— Lógico que sim, pai! Eu caso!

— Por isso lhe perguntei se você gosta dela.

— Para casar, vou ter que arrumar emprego, parar de estudar... Vai ser difícil, mas vou assumir isso tudo com coragem.
— Vítor sabia que grandes mudanças aconteceriam em sua vida.
— Filho, acho que você deve continuar estudando, tentando entrar na Medicina. Mais vale sustentar você, a Analu e o bebê do que puni-lo, fazendo com que arrume um emprego qualquer.
— Também concordo com o Armando, Vítor. — Marisa, chegando da floricultura, entrava na sala.
— Mãe, você estava aí? — O rapaz queria saber até onde ela havia escutado a conversa.
— Cheguei agora, mas ouvi o suficiente. Não quero fazer o julgamento do que escutei. Quero só que você saiba que, haja o que houver, vamos fazer tudo para ajudá-los.
— E estamos mesmo precisando de ajuda. Encontrei com a Analu hoje. O pai dela mandou-a para uma pensão. Ela está detestando ficar lá. Eu tenho medo que ela faça alguma bobagem.

---

25 A FRIA EM QUE JARDIM ENTROU

— Alguma notícia sobre o investigador que foi à padaria daquela mulher? — Águida perguntou vendo Flávia entrar em casa. Diante de uma resposta negativa, a mãe pediu que ela telefonasse para Aquiles.
— Eu ia fazer isso mesmo, mãe!
O repórter não tinha novidade sobre a investigação policial. Combinaram de ir juntos à delegacia checar o que Jardim conseguira.
— Eu passo aí, Flávia! Tenho uma reportagem à tardinha, mas dá tempo de irmos ao distrito.
Na delegacia, o doutor Pinheiro os recebeu.
— Entre, Aquiles! Entre, senhorita! E seus pais, como vão?
— Ansiosos por notícias de meu irmão. — Flávia agradeceu a preocupação do delegado.
— Imagino como se sentem. A gente que é pai não se conforma nunca com uma coisa dessas. E o Armando, Aquiles?
O repórter não tinha como e nem por que esconder que a gravidez de Ana Luísa abalara não só seus pais, mas a ele também. Contou rapidamente o caso.
— Ele está com quantos anos? — o doutor Pinheiro perguntou, referindo-se a Vítor.

— Dezessete incompletos... É um bom menino, mas ainda garotão...

— Bem, mas vocês não vieram aqui para isso. Aguardem que vou chamar o Jardim.

Tão logo entrou na sala, o investigador deu o serviço, reclamando:

— Você me pôs na maior fria, Aquiles! — O policial relatou sua visita à padaria de Marly, deixando claro que ela nada tinha a ver com o caso dos bebês.

— Gostaria de conhecer essa mulher pessoalmente. Pelo que o Jardim me contou, e checamos junto ao Juizado de Menores, ela intermedia doações, sim; mas de maneira honesta, conforme a lei — o delegado concluiu.

— Ao me expulsar de lá, ela ainda disse que queria ter chamado o repórter de televisão, um tal de Arquelau, para registrar minhas péssimas intenções. Você conhece esse repórter? — Jardim brincou, provocando risadas de Flávia, Aquiles e doutor Pinheiro.

— Então, voltamos à estaca zero? — Flávia desanimou.

— Pior é que cometi um engano terrível. — Aquiles se penitenciava. — Onde é que eu estava com a cabeça achando que ela... Ah, mas que coisa horrível!

— Não se martirize, Aquiles! É assim mesmo. Vamos errando, procurando, voltando à estaca zero, buscando, até encontrarmos o caminho certo. Tenha paciência! — o doutor Pinheiro, experimentado naquele tipo de caçada, aconselhou.

Na rua, Flávia pediu, carinhosa, para afastar o desapontamento dos dois:

— Você me deixa em casa, Arquelau?

26 EU ATÉ PROCURO ENTENDER

Enquanto Aquiles e Flávia saíam da delegacia, Marisa telefonava para a mãe de Ana Luísa, marcando uma conversa à noite. Os pais de Vítor chegaram pontualmente.

— Boa noite, como vão? — Julieta veio recebê-los com um sorriso amarelo. — Vamos entrando, por favor. Não reparem na casa, que é bem simples, mas de gente honesta. — Julieta se esforçava para ser amistosa.

Sentados na sala, constrangidos pelo assunto que os levara ali, Armando e Marisa sorriam, sem saber por onde começar:
— Como está a Ana Luísa, dona Julieta? Tem dado notícia? O Vítor nos contou que ela foi para uma pensão...
Com um sorriso incômodo, Julieta desabafou:
— Ela não está bem, não. Sair de casa, numa hora dessas, é muito difícil. Mas o Gonçalo, o cabeça-dura do meu marido, até acostumar com a ideia, resolveu que era melhor não vê-la. Também, a gente não sabia que o namoro dos dois estava tão adiantado assim. Esses meninos são uns irresponsáveis.
— Na verdade, dona Julieta, pelo que o Vítor me contou, o namoro não estava tão adiantado assim, não. Diríamos que foi um acidente. — Armando sentou-se na ponta do sofá, apoiando os cotovelos sobre as coxas. — Não acredito que eles, e isso o Vítor me deixou bem claro, estivessem praticando sexo, digamos, com regularidade...
— Bem... eu não gostaria de entrar nesses detalhes... Na verdade... — Julieta ficou vermelha, não se sentia à vontade para discutir coisas tão íntimas com pessoas desconhecidas, ainda mais os pais do garoto que engravidara sua filha.
— A senhora tem razão... — Armando desculpou-se.
O silêncio se instalou entre os pais de Vítor e ela, pesado, denso, como se fosse uma quarta pessoa na sala. Para vencê-lo, Armando retomou a palavra:
— Como pais do Vítor, dona Julieta, queríamos que a senhora e o seu marido soubessem que eles se gostam. E estamos dispostos a assumi-los lá em casa... É necessário que conversemos sobre o casamento... não sei o que os senhores pensam a respeito...
Nesse momento, Gonçalo entrou na sala, cumprimentando secamente os visitantes.
— Pra ser sincero, tenho pensado muito sobre tudo isso que aconteceu... — Era difícil para Gonçalo falar sobre o ocorrido. — Não entendo por que minha filha fez isso com a gente... Ela foi criada de maneira tão certinha, tão séria...
— Seu Gonçalo, do jeito que o senhor fala, parece que a Ana Luísa fez de propósito, para magoá-lo... — observava Armando. — Eu entendo que o problema tem de ser visto de outra maneira...
— Eu até procuro entender, sabe, mas não consigo. Não sou muito estudado como o senhor... Vida de caminhoneiro é pra

cima e pra baixo. Não consigo entender que ela não tenha feito isso pra me prejudicar, pra sujar o meu nome. E olhe que quero perdoá-la, quero fazer as pazes com ela, mas é mais forte que eu...

Armando tentou fazê-lo entender que o estudo não tinha nada a ver com isto.

— Como falei, eu sou pai, quero ela aqui, em casa. Mas até poder entender tudo isso, demora. Até mandamos ela pra uma pensão de uma conhecida da Julieta.

— Será bom que o senhor não demore muito para decidir. Ficando na pensão, exposta à curiosidade de todos, ela vai é se sentir rejeitada. Sei que é duro, mas é preciso acolhê-la em casa, antes que ela pense em cometer alguma loucura; um aborto talvez.

— Eu não estou dizendo que não vou aceitar ela em casa. Apenas preciso de tempo para pensar nisso tudo... — Gonçalo já não se mostrava tão inflexível assim.

— O Gonçalo, eu vou dizer a verdade, dona Marisa, é meio cabeça-dura. Quando bota uma ideia na cabeça... — Julieta sabia que receber a filha de volta era questão de tempo. — Ele é cabeça-dura, mas vai se convencendo devagarzinho.

27 CRISTO TAMBÉM ERA FILHO ADOTIVO

Depois de falar com Jardim, Aquiles sentiu necessidade de conversar com dona Marly. Havia pelo menos dois motivos fortes: o primeiro era pedir desculpas. O outro, pedir sua ajuda. Como o investigador, outros já poderiam tê-la abordado com a mesma finalidade, pensando em "doar" crianças. Ela talvez tivesse alguma pista.

Flávia concordava com ele.

— Que tal irmos lá agora? Passamos na floricultura para pegar um buquê bem caprichado e levamos. Você me acompanha, Flávia?

— Você acha necessário? — A ruivinha fez um trejeito meio azedo, querendo que Aquiles visse muitos ciúmes em seu semblante.

— Sua boba! Você é ciumenta, é? — O rapaz abraçou-a ternamente.

Não foi complicado chegar à padaria. Infelizmente, Marly não estava. No caixa, Ênio, seu marido, resolveu o problema.

— Minha mulher está em casa. Por que vocês não vão lá? É aqui pertinho. Basta virar a esquina, um portão verde, no meio do quarteirão.

Aquiles e Flávia agradeceram, seguindo para o endereço indicado.

— O que você quer com a minha mãe? — um garotinho de pele bem morena perguntou, ao saber que queriam falar com dona Marly.

— Conversar com ela.

Logo depois, uma garotinha tão morena quanto o garoto substituiu-o no vão da porta que dava para o portão da rua.

— Minha mãe mandou falar que não tá... — E caiu na risada, os meninos escancarando a porta, de mãos dadas.

Atrás deles, uma senhora de pele clara e olhos castanhos apareceu, ralhando com os dois:

— Enimar, Mariene, seus capetinhas! Como não estou? Já pro banheiro, vamos! — E dirigiu-se ao casal de jovens, pediu desculpas, convidando-os a entrar.

— Dona Marly, meu nome é Aquiles. Essa é a Flávia! Nós queremos, antes de mais nada, que a senhora aceite essas flores.

— Ah, que lindas! Mas a que devo? — Marly não sabia se pegava o buquê, se agradecia, ou se convidava o casal a se sentar. — Você é da televisão, não é? — Marly perguntou, tendo já agradecido o lindo buquê de rosas. — Ainda outro dia pensei em você... — Marly sorriu. Aquiles e Flávia sabiam por quê, mas eles se faziam de desentendidos.

— Em mim?

— Exatamente. Mas, antes disso, o que os traz aqui?

— De certa maneira, o mesmo que a fez pensar em mim.

— Como assim? — Marly fez uma cara de surpresa, tentando entender a ligação.

— A senhora foi procurada, há dias, por um rapaz que queria doar uma criança, não?

— Sim, fui. E enxotei-o quase a pontapés... Já sei. — Marly tentava adivinhar. — Ele foi preso, ou você quer prendê-lo e precisa de meu testemunho... Conte comigo. Faço questão de vê-lo atrás das grades, aquele safado!

— Calma, dona Marly!

— Por favor, me chame de Marly, sem o "dona"...

— Está bem, mas calma! Nem ele está preso, nem estou aqui para comprometê-lo. Pelo contrário... Ele é nosso amigo.

— Amigo de vocês? Um desclassificado de marca é amigo de vocês?

— Nós vamos explicar tudinho... — E Aquiles e Flávia falaram de Bruno Eduardo, do roubo do bebê de São Joaquim. Também disseram que tinham suspeitado ser ela uma das integrantes da quadrilha.

— Eu, traficante? Que chique! — Marly gargalhou, pedindo desculpas em seguida.

Então, explicou que fazia trabalhos de adoção. Ela, seu marido, e mais quatro casais amigos. Sempre através do Juizado de Menores e de modo digno, além de honesto.

Entusiasmada, Marly explanava como agora, depois do Estatuto da Criança e do Adolescente, era fácil adotar uma criança.

— Nosso trabalho está crescendo. Na semana da criança, vamos até fazer, pela primeira vez, um encontro de pais e filhos adotivos. Como temos algumas crianças adotadas em Mato Grosso, Minas e Paraná, estamos tendo a ousadia de chamá-lo Encontro Nacional.

Aquiles queria saber deste encontro, mas foram interrompidos. De repente, vindos do banheiro, ensaboados dos pés à cabeça, Enimar e Mariene entram na sala.

— Mãe, tô cego, tô cego... — Enimar dava a mãozinha para Mariene. Os dois pisavam no tapete da sala, molhando tudo.

Depois de uma bronca daquelas, pedindo que sua empregada terminasse o banho dos dois, Marly voltou à sala.

— Mas eles são uns encapetados, viram? Que coisa!

— Eles estão com que idade? Flávia se interessou pelos diabinhos.

— O Enimar com cinco, a Mariene com três. Quando adotei o Enimar...

— Ele é adotivo?

— Os dois. E tem a Bruna, que é de berço. — Eles são muito espertos, muito inteligentes. Ainda outro dia, a Mariene se saiu com uma resposta que só vendo, lá na escola. Ela estuda em colégio de freiras. Quando a irmã explicava que Cristo era filho adotivo de José, ela, na hora, disse: "Uai, que nem eu! Cristo é que nem eu. Se ele é filho adotivo de José, eu sou filha adotiva do Ênio e da Marly!...".

— Ah, que gracinha! — Flávia e Aquiles acharam muito espontânea a resposta da menina.

— Bem, Marly, foi muito importante conversar com você. Ficamos por dentro de uma série de coisas de que nunca tínhamos ouvido falar. — Aquiles agradecia a ajuda. — Agora, estamos empenhados, juntamente com a polícia, em desbaratar essa quadrilha que vem agindo na região. Nós queríamos contar com você, com a sua experiência...

— Sem dúvida, podem contar comigo e com a nossa equipe. Não sei até que ponto podemos ajudar, mas será um prazer colocar nossos contatos à sua disposição.

28 HITLER ESTARIA NO JARDIM DE INFÂNCIA

Ao saber que seus pais não tiveram sucesso junto aos pais de Ana Luísa, Vítor ficou muito chateado.

— Filho, não é culpa do seu Gonçalo ser como é... — Marisa até entendia o posicionamento do pai da garota. — Ele foi criado num sistema rígido, provavelmente em um lar onde a mulher tem apenas um único direito, o de obedecer sempre. E em um lar assim não há diálogo, entendimento...

— Ela mesmo diz que o pai é machista demais... Bem, eu vou dar uma chegada no apartamento onde ela está.

— Apartamento? — Marisa se surpreendeu.

— Não contei pra vocês, mãe? Ela está na pensão, mas vive enfiada no apartamento de uma amiga dela.

— Pra quê?

— Ela anda de bico virado pro meu lado, tem falado pouco comigo, pouquíssimo, mas essa Margarete é uma viúva que a levou para fazer o teste da gravidez, que tem ajudado a Analu, orientando-a. Ela tem sido uma mãe para ela.

— Você não acha esquisito, Vítor?

— Não. Acho até normal. Quando ela me falou que estava grávida, eu, um bunda-mole, quis tirar o corpo fora. Depois, o pai dela, aquela cavalgadura, achou de radicalizar, mandando a coitada para uma pensão cuja dona é a maior fofoqueira. Aí pintou a Margarete, paparicando pra cá, pra lá, lógico que a Analu vai se enfiar lá o dia todo.

— Não sei, não, filho! Estou achando esquisito...

Vítor não entendia as preocupações da mãe. Deu de ombros e avisou que iria ao apartamento da viúva, tentar conversar com Ana Luísa sobre eles.

Se desse, Vítor queria conversar com Margarete também. Ele a imaginava uma mulher de cabeça aberta que iria entender sua posição. Podia até ficar do seu lado, ajudando a reconquistar a confiança da namorada.

Ao sair do elevador do prédio de Margarete e se aproximar de seu apartamento, Vítor percebeu que a porta estava apenas encostada. Ouviu vozes lá dentro, alguém ao telefone. Chamou duas ou três vezes. Como ninguém o atendesse, entrou na sala. Aguardou mais um pouco, reparando que havia uma bolsa sobre a mesa. Estava virada, e um documento qualquer caíra no chão. Vítor agachou-se e o pegou. Viu que se tratava de um passaporte. Sem saber por quê, folheou-o. Estava em branco.

Ao colocá-lo sobre a mesa, notou que havia mais dois passaportes quase caindo da bolsa. Curioso, não deixou de notar que também estavam em branco. Achou estranho, mas se limitou a esperar que alguém aparecesse. Dali, a voz ao telefone era mais nítida:

— Tu colocaste o guri por quanto?... É o que eu digo... Não adianta forçar a situação... Que voltem a trabalhar junto a mães solteiras... Eu sei que é demorado, mas é mais seguro... E, olhe, cuidado quando telefonar porque tenho hóspede por aqui... É aquela que te falei... Perigoso nada! É mais emocionante... Quando estiver na hora, quem não gosta de passear na Europa... A guria vai achar maravilhosa a ideia... Sei... sei... Já falei que eu me cuido... O sabor de qualquer prato é mais apetitoso quando o tempero é diferente... Que correr risco que nada!

Quando sentiu que iam desligar o telefone, Vítor tratou de voltar rápida e silenciosamente para o elevador. Não conseguiria disfarçar a terrível descoberta que fizera. Com que, então, Margarete não recebia Ana Luísa com boas intenções?

O rapaz estava desesperado. Andava apressado pelas ruas. Queria atingir logo a sua casa. Precisava desabafar com alguém. Ao chegar, procurou por Aquiles. O irmão ainda não voltara da casa de Flávia. Falaria com a mãe, com o pai? Não. Achou melhor esperar.

Para não denunciar seu nervosismo, Vítor evitou ficar na sala, onde Armando e Marisa assistiam à televisão. Foi para o quarto. Deitou-se, ansioso, e ficou remoendo o que escutara. A voz de Margarete, primeiro confiante, segura, depois sussurrante,

*Enquanto observava os passaportes em branco,
Vítor ouviu uma estranha conversa de dona Margarete ao telefone.*

confidencial, ainda ecoava em seus ouvidos. E aqueles passaportes, para que seriam?

Quando Aquiles chegou, Vítor sentou-se de um salto na cama.

— Que susto, Vítor! O que aconteceu? Você parece que viu o Hitler em pessoa...

— Pior que o Hitler, mano! — Vítor permanecia agitadíssimo. — Muito pior que o Hitler... Se ele ainda existisse, estaria no jardim de infância onde a tal da Margarete é diretora...

— Margarete? Quem é essa? — Aquiles nem se lembrou de que Ana Luísa frequentava o apartamento de alguém chamado Margarete.

— A vizinha da Cristiane...

— Ah, você já está tendo problemas com a nova sogra?

— Nova sogra? — Vítor espantou-se.

— Não é ela que assumiu a Analu como mãe? Pelo menos, se não me engano, essa foi a ideia que você passou para nós...

— Pois sente-se, que você vai cair duro, mano! — Vítor começou a contar o que ouvira naquela noite.

— Você tem certeza de que a ouviu falar em Analu e no bebê de vocês?

— Não ouvi o nome, mas tenho certeza de que se referia a Analu.

— Isso tudo é muito suspeito, Vítor. Você chegou a falar com a Margarete, pelo menos? — Aquiles estava pensativo. Será que o irmão não estava apenas impressionado com o que dizia ter ouvido?

— Não, não cheguei. Nem sei como é a fera, mas escutei. Tenho certeza do que estou falando, pô!

— Tudo bem. Não precisa ficar irritado. Eu confio em você. Vamos dormir, vai! De qualquer forma, só amanhã poderemos tomar alguma atitude.

---

29 VOU PARA PARIS, TIRAR OURO DO NARIZ!

Naquela noite, Vítor não dormiu direito. Ficou rolando na cama muito tempo. Quando conseguiu conciliar o sono, teve pesadelos terríveis. Sonhou que estava em um carrinho de bebê, correndo pelas ruas da cidade, em direção ao aeroporto. O carrinho tinha forma de um apetitoso prato de comida.

Vítor queria parar, mas era pequeno demais para fazê-lo. Implorava que alguém parasse o carrinho, mas ele corria rápido demais. Logo depois, Vítor estava subindo, contra a sua vontade, as escadas de um avião enorme, um 747 da Air France. Atrás de si, um cão monstruoso, com três cabeças, latia ferozmente, obrigando-o a subir as escadas. Tentando se desvencilhar de Cérbero, Vítor apressava o passo.

Finalmente, conseguiu atingir a porta de entrada da aeronave. Fechou-a bruscamente, o cão batendo suas três cabeças na porta fechada. Vítor sentiu seu hálito de dragão, soltando fogo pelas três bocarras.

Graças aos deuses, estava salvo!

Durou segundos apenas esta sensação. À sua frente, uniforme impecável de aeromoça, Margarete o recebia com um sorriso irônico, que se transformava numa gargalhada estrondosa. Seus cabelos eram serpentes asquerosas que se contorciam, dando pequenos botes no ar.

Olhando para as poltronas, Vítor mal podia acreditar no que via. Todas elas ocupadas por bebês, que liam revistas de bordo ou tomavam uísque. Todos de fraldas, com chupetas dependuradas no pescoço.

— Você vai para onde? — Vítor ouviu um perguntar a outro, enquanto ele andava pelos corredores, à procura de um lugar para se sentar.

— Vou para Milão, ser adotado por uma padaria.
— Então, você vai a Milão fazer pão?
— Sim, e você?
— Vou para Paris, tirar ouro do nariz!

A única poltrona vaga era ao lado de um bebê com cara de intelectual, pincenê no nariz, garatujando uns escritos com uma pena de pato. Na boca, um charuto todo babado.

— Sente-se, caro leitor! Eis aqui seu passaporte. — E o bebê entregou-lhe um passaporte em branco. — Meu nome é Machado e estou rascunhando uma historieta interessante, que talvez eu chame de *Dom Casmurro*...

Não era possível! Aquele bebê não poderia ser Machado de Assis. O grande escritor havia falecido bem velhinho, em 1908. E já escrevera *Dom Casmurro*, que o rapaz havia lido para prestar o vestibular.

Vítor pensou em ir ao banheiro, mas Machado olhou-o e disse:
— Bebês não usam banheiros, meu caro!

Foi aí que Vítor sentiu um cheiro forte de xixi e cocô pelo avião todo. Mas Margarete vinha em seu encalço. Com uma pilha de passaportes no braço esquerdo, ia arremessando um por um em sua direção. O rapaz correu para a cauda do avião. Lá fora, as mães, desesperadas, batiam na fuselagem, querendo impedir o voo. O 747 da Air France decolou subitamente, ganhando altura. Perseguido por Margarete, Vítor tratou de pular por uma das janelas da cauda.

Caindo vertiginosamente, Vítor se esborrachou no chão, fazendo um pouso forçado, aterrissando de barriga, enfiando o nariz no velho tênis.

Sentindo o fétido cheiro de chulé, acordou. Tateando o chão do avião, quer dizer, o chão do quarto, demorou um pouco para perceber que havia caído da cama.

— O que foi, Vítor? — Aquiles, sonolento, acordou com o ronco do avião, ou seja, com a queda do irmão.

— Nada, não, mano! Estou... procurando meus sapatos...

— Às cinco da manhã? — Aquiles olhou o relógio de pulso, irritado. — Dorme mais um pouco, vai! Ainda é cedo.

30 VÍTOR É PROIBIDO DE FALAR EM MARGÔ

No café, Vítor comentou rapidamente o que havia acontecido no apartamento de Margarete. Os pais ficaram abismados. Aquiles sugeriu que ele tentasse, com jeitinho, checar se Ana Luísa não desconfiava de nada.

— Nem eu desconfiava, mano! Quanto mais ela! Pra mim, essa Margarete era uma pessoa ótima.

— Não sei, filho, mas o meu sexto sentido me dizia que havia algo errado. — Marisa ratificava sua desconfiança da viúva.

— Bem, de qualquer maneira, o importante é entrar em contato com o Eduardo. — Armando sugeria que procurassem o delegado.

Mal chegara ao colégio, Vítor quis falar com a namorada, mas não teve sucesso. Um fato aguçou ainda mais sua raiva contra a vizinha de Cristiane. Ele esperava que Ana Luísa viesse de ônibus e a esperava na esquina, quando ela e Cristiane passaram por ele de carro; carro dirigido por uma mulher desconhecida que ele adivinhava ser Margarete.

— Quem é a mulher que trouxe vocês, Analu? — ele abordou a namorada, mas a forma apressada com que fez a pergunta irritou-a.

— Não é da sua conta. — Ana Luísa entrou no colégio, sem lhe dar a mínima atenção.

Na aula de Literatura Brasileira, o professor falava da importância — imaginem, caros leitores! — de Machado de Assis no Realismo. Ah, se ele soubesse que Machado de Assis era um bebê babão, desses que se urinam todos e fazem cocô por todos os lados... E Vítor sorriu, um sorriso enigmático.

Falando da importância do escritor, o professor se referia a um de seus livros, escrito em 1881, *Memórias póstumas de Brás Cubas*.

— Trata-se das memórias de um... Vamos ver quem sabe? De um...? Vítor, diga lá!

— De um bebê babão que... — Vítor, pego de surpresa, falou de repente, sem perceber que se traía.

— Que bebê babão, Vítor? Onde você está com a cabeça? — o professor reclamou. — Estou falando de um defunto que conta a sua história, o Brás Cubas, e você vem com essa de bebê babão?

Na saída, Vítor não deixou que Ana Luísa escapasse como acontecera nos últimos dias.

— Preciso falar com você a sós... — Vítor olhou para Cristiane, como a exigir que ela se afastasse.

— Cris, fique! — Ana Luísa insistiu.

— Não, senhora. Tomei "simancol" quando pequena — Cris sorriu.

— Fala, Vítor!

Vítor falou. Comentou, com muito tato, sua ida ao apartamento de Margarete. Relatou a descoberta dos passaportes, o telefonema entreouvido, tudo muito explicadinho.

— Você está ficando louco? — Ana Luísa sorria, com as respostas para tudo na ponta da língua.

Na noite anterior, ela havia descido para conversar com Cristiane. Quando voltou ao apartamento, viu os passaportes sobre a mesa e a bolsa virada. Chegou a comentar o assunto com Margarete. A viúva disse ter encontrado os passaportes num canto do *hall* de entrada do edifício. Iria levá-los à Polícia Federal.

Quanto ao guri, a que se referira, Margarete já havia conversado com Ana Luísa sobre contratar um bem esperto, para ajudá-la nas compras e na entrega dos congelados. Prato apetitoso, Margarete fazia todos os dias e eram palavras do seu vocabulário cotidiano. Viagem à Europa, ela falara mesmo sobre isso, mas por brincadeira.

— Analu, você não entende que essa mulher é perigosa? Você não percebe que é suspeito tudo isso? E as mães solteiras, o que você me diz, hem?

— Vítor, deixe de ver fantasmas. Ela trabalha com mães solteiras aos sábados e domingos, se não me engano. Agora, eu é quem pergunto: como você pode provar que era ela ao telefone, se nem a conhece pessoalmente? Se a conhecesse, não perguntaria quem era a mulher que nos trouxe...

— Analu — Vítor a interrompeu —, quero fazer uma última pergunta: em quem você confia mais, em mim ou nesta mulher?

— Nela — a jovem respondeu imediatamente. — E você quer saber por quê? Porque ela foi a única pessoa, a única que não hesitou um minuto sequer em me dar apoio. Enquanto até você, o pai do meu bebê, ficava em dúvida se assumia ou não, Margô me deu a maior força...

— Margô? Você chama com a maior intimidade uma mulher que...

— Margô, sim senhor! — Ana Luísa o interrompeu. — E digo mais: ela já insistiu comigo para mudar para o apartamento dela. Só não fui ainda para não criar mais problemas em casa! Já não aguento mais a "queridinha" da dona Lurdes. E você está proibido de falar novamente na Margô. Isso não só a ofende, mas ofende a mim e ao meu bebê.

---

31 UM RECÉM-NASCIDO VALE DE OITO A QUINZE MIL DÓLARES

Reunidos na sala do delegado, Geraldo, Vítor, Marly, Aquiles e Flávia. Enquanto aguardavam a presença de Jardim, o repórter da TV Ribeirão perguntou a Marly se o encontro entre pais e filhos adotivos ainda estava de pé.

— Sem dúvida. A maioria dos pais já confirmou a presença.

— Quando será este encontro, Marly? — doutor Pinheiro interessou-se, pedindo explicações.

— Na semana da criança, em outubro. — E Marly, mais que convidando, intimou todos a comparecer.

Aquiles comentava o nome sugerido para a operação, quando Jardim chegou.

— Nós fazemos muito isso, na área policial. — Doutor Pinheiro concordava com o batismo. — Dar um nome à operação é muito bom. Há pouco tempo, em Goiás, uma operação semelhante recebeu o nome de Operação Moisés, homenagem ao famoso personagem bíblico. Portanto está oficialmente adotado: Operação Rômulo e Remo.

Em seguida, Aquiles falou das suspeitas de Vítor sobre Margarete. Doutor Pinheiro ouviu com bastante atenção tudo o que os irmãos reportaram. No entanto negou-se a entrar em ação.

— Mas é preciso prendê-la, doutor! — Geraldo não entendia a negativa do delegado.

— Geraldo, compreendo sua ansiedade. Mas coloque-se no meu lugar e rapidamente entenderá a minha recusa. Muito bem, eu mando uma equipe de dois investigadores para prendê-la. Até a delegacia garanto que nós a trazemos. Aí ela entra por esta porta e sai por aquela, quase na mesma hora. O advogado dela vai pedir provas. Que provas posso apresentar para botá-la atrás das grades?

— Posso testemunhar que vi os passaportes e contar o que a ouvi dizer. — Vítor adiantou-se.

— E o que você ouviu? Frases entrecortadas, que não se encaixam tão facilmente. Isso não irá provar nada. É você dizer e ela desmentir em seguida... Mas quando digo que não vou prendê-la, vejam bem, não quer dizer que não iremos investigá-la.

— Qual seria uma prova mais consistente, doutor? — Marly tinha uma ideia.

— Por exemplo, uma mãe solteira que faça uma denúncia.

— Qual a diferença do meu testemunho e o de uma mãe solteira? — Vítor, que se achava uma testemunha mais do que consistente, perguntou.

— Se a mãe solteira sustentar a denúncia em juízo, seremos donos da situação. O que você tem em mãos, Vítor, são apenas suposições, é ouvir dizer...

— Vítor, sei que você está mesmo ansioso para ajudar, mas o doutor Pinheiro tem razão. — Geraldo entendia que precisavam de uma mãe arrependida para testemunhar.

— Também entendo que precisamos arrumar esta mãe arrependida, que queira denunciar a quadrilha. — Marly e depois Flávia compreendiam a posição do delegado.

— Deixem-me explicar como o processo do tráfico de bebês funciona para saber onde precisamos chegar. — O delegado, muito didático, falou do trabalho que as quadrilhas desenvolviam junto às mães solteiras, convencendo-as a entregar seus filhos em troca de uma quantia sempre muito inferior ao que iam lucrar depois, com a venda do bebê: — Um recém-nascido vendido a estrangeiros está na faixa de oito a dez mil dólares. É só fazer a conversão em cruzeiros para se ver que é muito dinheiro.

— Nossa! — Vítor expressou sua surpresa, convertendo os dólares para a moeda brasileira.

— Isso quando não cobram mais. Se a família exige características físicas específicas, como cor da pele, cor dos olhos, sexo, pais reconhecidamente sadios, chegam a uns quinze mil dólares. Há também o caso de mães solteiras que, no sétimo mês de gestação, são enviadas a Israel, França ou Alemanha. Vão ter o bebê lá e voltam sem ele. Aí os traficantes faturam até vinte mil dólares.

— Por isso que a Margarete falou em viagem à Europa para a Analu! — Vítor acabava de entender o convite feito à namorada.

— Não descarto essa possibilidade. Se ela está mesmo com essas intenções, nós vamos descobrir logo.

— Mas como, se ela não vai ser presa?

— Fique tranquilo, Vítor! Prendê-la agora, sem provas, é o mesmo que lhe telefonar, pedindo que fuja, pois a polícia já sabe de tudo. Quando formos buscá-la, tem de ser para valer, sem deixar uma porta aberta para ela escapar.

— Doutor, o senhor fala em até vinte mil dólares. Mas as adoções são gratuitas.

— Gratuitas em termos, Marly. Você sabe que a maioria dos pais quer adotar filhos que tenham o mesmo perfil físico deles. Isso torna a coisa mais complicada: diminui o número de adotandos compatíveis com as exigências.

32 POSSO SER ESSA MULHER

— Resumindo tudo o que foi dito, temos que sair atrás de uma mãe solteira que resolva denunciar essa quadrilha, não é isso, doutor Pinheiro?

— Exatamente, Marly. Nesse meio-tempo, vamos investigar a vida da dona Margarete.

— Agora, pensem comigo uma coisa...
— O que você está tramando, Marly? — Flávia perguntou, impaciente.
— Como vamos sair pela periferia, catalogando quem está grávida ou não?... — Aquiles também estava sem entender.
— Deixem-me explicar o que tenho em mente, por favor! — Marly pediu que a escutassem. — Onde uma mãe solteira vai ter seu filho?
— Nos hospitais, principalmente no de onde roubaram meu filho. Como todos sabem, lá a mãe carente tem um excelente atendimento — Geraldo observou.
— Estou entendendo qual a sua proposta, Marly — doutor Pinheiro sorriu. — Nós até já pensamos nisso. Você sugere colocar alguém lá dentro, não? Mas fica difícil deslocar uma investigadora só para ficar lá. Para investigarmos Margarete, já vamos ter de deslocar alguém de outras diligências. Não damos conta nem das investigações de todos os dias... Se houvesse alguma voluntária, uma mulher que...
— O senhor acaba de achar uma voluntária, doutor! Eu posso ser essa mulher.
— Você, Flávia? — Aquiles se surpreendeu, juntamente com Geraldo.
— Eu mesma. O que vou fazer lá, não sei, mas seria fácil ser introduzida, digamos como copeira, recepcionista, atendente...
— Filha, isso é perigoso demais!
— Eu também acho, seu Geraldo! — Aquiles concordava com o pai de Flávia.
— Na verdade, não vejo perigo. — Marly ponderava. — O trabalho de Flávia seria conversar com as mães solteiras. Além da diretoria, ninguém precisaria saber por que ela está lá...
— A ideia é boa. Enquanto vocês decidem quem deve colocar o guizo no rato, vou telefonar para o diretor do hospital — disse o delegado, resoluto.
A ligação foi concluída rapidamente. O delegado exclamava satisfeito:
— Mas que bom, doutor! Isso adianta bastante para nós. O senhor vem agora? Mas não é incômodo? Estaremos esperando pelo senhor.
Ao desligar o telefone, doutor Pinheiro comunicou aos outros:

— O diretor está vindo para cá. Peguei-o de saída, mas, como ele participará de uma reunião aqui perto do distrito, passa por aqui antes.

O diretor do hospital foi muito prestativo. Sem demora, chegou à delegacia.

— Minha presença aqui é um voto de confiança no trabalho da polícia, mas também a demonstração do quanto quero ver este caso resolvido urgentemente. O roubo do Bruno Eduardo está atravessado em minha garganta. O senhor, seu Geraldo — dirigiu-se ao pai de Flávia —, foi até muito compreensivo, não levantando suspeitas de negligência de nossa parte. Mas não podemos descansar enquanto o caso não for resolvido.

— Eu já disse ao senhor que nunca duvidei do hospital. — Geraldo concordava com o diretor. — Tanto é assim que o bebê de São Joaquim foi roubado praticamente das mãos de sua mãe. Quando eles querem, não há como prevenir.

— O plano é infiltrar alguém no hospital que investigue as mães solteiras que seriam alvo fácil para a quadrilha. A ideia é procurar possíveis vítimas — doutor Pinheiro explicou rapidamente o plano.

— Isso não é uma tarefa difícil. Mas quem seria essa pessoa? — o diretor indagou, olhando para Marly.

— Pensamos na Flávia. Inclusive, ela é filha do seu Geraldo, irmã do Bruno Eduardo.

— Você está disposta a enfrentar o desafio? — o homem sorriu, olhando com admiração para a jovem.

— Sem dúvida, doutor!

— Muito bem! Preciso apenas conversar com a enfermeira-chefe... Você deve estar lá sem levantar suspeitas das futuras mães. Creio que não será difícil. Há sempre estagiárias e até voluntárias no hospital. Sua presença acaba se diluindo entre elas.

33 FUNCIONÁRIA NOVA NO HOSPITAL

— Filha, você tem certeza de que isso não é perigoso? — Águida queria certificar-se de que o plano de Marly não colocaria Flávia em risco de vida.

— Não, mãe! Já fui ao hospital, já conversei com a enfermeira-chefe. Está tudo acertado.

— Eu já expliquei para sua mãe que não há perigo. — Geraldo queria tranquilizar a esposa.
— O que você acertou com eles?
— Acertei com a dona Marziale que ficarei como voluntária. Minha função é entrevistar as mães solteiras, preenchendo um questionário para um cadastramento que o hospital está implantando. Mas, na verdade, a enfermeira-chefe vai me pôr em contato com aquelas mães, solteiras ou não, que mostrarem mais insegurança, que demonstrarem não querer assumir seus filhos.
— Mas como ela sabe quem são essas mães?
— Eu mesma me espantei quando ela disse que pela experiência sabe até quais têm ou não cara de doadoras. Ela vai selecionar as pessoas certas, me colocando em contato com elas.
— E os estudos, isso não vai prejudicá-la na escola?
— Não. Eu só vou lá quando tiver folga. Por exemplo, amanhã, eu só tenho as duas primeiras aulas. Saio da escola e passo lá. Se der, entrevisto alguma futura mãe. E assim vamos fechando o cerco.

A preocupação de Águida não fazia sentido. Assim que se viu livre das aulas, na manhã seguinte, Flávia correu ao hospital.
— Oi. Que bom que você veio! — dona Marziale a recebeu no corredor. — Venha, quero lhe apresentar três mães que têm as características que vocês procuram — prosseguiu em tom confidencial.
Ansiosa, Flávia respirou fundo, tomando fôlego. Abriu um sorriso franco e acompanhou a enfermeira.
— Creusa, você está boa? — dona Marziale puxou conversa com uma das mulheres grávidas.
— Vamos levando... Estou com as pernas inchadas, mas vou levando...
— Você está seguindo direito a dieta? Tirou o sal, as frituras...
— E pobre lá pode ter esses luxos de tirar isso ou aquilo, dona? Se tirar o que já não tem, come o quê?
— Vem cá, Joana! A senhora também, dona Graça! Quero apresentar vocês à Flávia, uma estagiária aqui do hospital. Ela vai entrevistar vocês, para nosso cadastro.
— *Não vou perdê a veiz quando o médico me chamá?* — Graça, a mais velha das três, perguntou, indecisa.
— Não. É rápido. — Flávia adiantou-se, sentando-se e convidando as três a fazer o mesmo. — Como a dona Marziale disse, vou entrevistar vocês, fazendo uma série de perguntas.

— Vou entrevistar vocês para a nossa pesquisa — anunciava Flávia às futuras mães.

Embora sorrisse, mostrando simpatia, para ganhar a confiança daquelas mulheres sofridas e arredias, Flávia estava tremendo por dentro.

Na prancheta, o longo questionário: *nome, endereço, profissão, estado civil*... E perguntas específicas: *quantos meses de gravidez, outros filhos, quantos eram, eram todos do mesmo pai?*...

A vontade de Flávia era pôr o longo questionário de lado e perguntar, à queima-roupa, qual das três estava sendo pressionada pela quadrilha, curta e grossa, sem rodeios.

Com calma, foi atingindo seu objetivo, deixando as mulheres à vontade.

34 ROSELI, UMA PISTA IMPORTANTE

— Agora, é uma pergunta para as três. — Flávia sabia que aquele era o momento-chave da entrevista. — Vocês vão ter a criança e vão ficar com ela?

As três se entreolharam, o silêncio caindo pesado no ambiente. Ajeitaram-se no banco, demonstrando desconforto. Creusa, a primeira a responder, afirmou que já tinha dois, mais um ficava difícil criar. Queria dar a filha que nasceria, mas, segundo ela, quem iria querer uma negrinha retinta como a noite?

Joana discordava. Vira na televisão o caso de dois garotos negros adotados em uma creche de Salvador por pais alemães. Graça sabia de uma aldeia na Holanda onde havia mais de cinquenta crianças negras brasileiras adotadas.

— Mas no Brasil ainda tem muito pico... pecon...

— Preconceito! — Flávia ajudou Creusa a pronunciar a palavra difícil. — E a senhora, dona Graça?

— Uma *muié* até se ofereceu pra *cuidá* do meu *fio*, mas não *dô*. Meu *home* gosta muito de criança...

— Quem se ofereceu para cuidar do filho da senhora? — Flávia estava visivelmente ansiosa pela resposta.

— Uma *muié* no ponto de ônibus. Veio com prosa-fiada de que tinha uma irmã em São Paulo que queria um *fio* pra *criá*... Até prometeu *pagá* o hospital, *dá* um dinheiro pra mim...

— A senhora a viu de novo? — Flávia insistia.

— Não... Foi uma *veiz* só. Nunca mais encontrei ela...

Aquilo foi como água na fervura. Flávia entendeu que mostrar ansiedade não era bom.

— A minha mãe vai cuidar da minha filha. Ela diz que não vai deixar a neta ficar na mão dos outros. — Joana ponderava que precisava trabalhar. — E, depois, a gente dá a filha, mas fica arrependida, como ficou uma moça que deu o filho e depois queria que a dona Marziale buscasse ele de volta...

— Que moça, Joana?

— O nome dela eu não sei. Mas era uma loira, mais cheia de corpo que você. Falante toda vida, conversadeira que nem ela só. E era bem bonitona também. Essa loira até falou que deram dinheiro pra ela entregar a criança...

Flávia segurou-se firme. Tinha vontade de abandonar as mulheres imediatamente, correr para encontrar Aquiles, dar-lhe a pista e resolver o caso. Mas não podia ser assim.

— Dona Graça, está na vez da senhora... — uma atendente chamava por uma das mães. Flávia sentiu que era a oportunidade de se despedir.

— Já estão chamando vocês. Podemos terminar por aqui. Tudo bem? — Flávia sorriu e saiu dali, para procurar a enfermeira-chefe.

— Loira bonita, mais cheia de corpo que você? — dona Marziale passava em revista, mentalmente, as pacientes de que se lembrava. — São tantas que passam por aqui, todos os dias, todas as semanas, todos os meses...

— Ela disse que foi no mês passado. Disse também que era alguém muito falante.

— Ah, agora me lembro... — disse a enfermeira depois de um silencioso momento. — Falante era a... Como é mesmo o nome, meu Deus? Venha à minha sala. Vamos ver nas fichas.

Revendo os arquivos, dona Marziale encontrou o nome da mulher em questão.

— Aqui está. Eu me lembro bem do tipo dela. Isso mesmo! O nome é Roseli José. Ela fez o maior escândalo aqui no hospital. Deu a criança, mas se arrependeu. E queria que nós fôssemos buscar seu filho. Cheguei a me interessar pelo caso, mas...

— Mas? — Flávia continuava ansiosa.

— Mas, dias depois, quando fui procurá-la para ir atrás da mulher que levou a criança, ela já não queria mais. Disse que estava conformada, que a sua filhinha teria um lar mais feliz...

— Ela a convenceu do conformismo dela?

— Não. Eu ainda insisti, mas não adiantou nada. Eu sei como você se sente, Flávia, mas, se a própria mãe se diz conformada, mesmo você sabendo que não, o que fazer? Só pude lamentar...
— A senhora tem o endereço dela?
— Tenho. Está aqui. Anote.

35 ROUBAM SEUS FILHOS E ELAS TÊM DE SE CALAR

Vitoriosa. Assim se sentia Flávia ao subir os degraus do seu prédio, em direção ao elevador. Ao abrir a porta do apartamento, explodiu de alegria:
— Mãe, pai, conseguimos! Conseguimos!
Águida, às voltas com os preparativos do almoço, levou um susto:
— Conseguimos o quê, menina?
— Uma pista ótima, mãe! — Flávia respondeu e se dependurou ao telefone, discando para Aquiles e Marly.
Feitos os contatos, ela se sentou no sofá, explicando à mãe o que havia acontecido.
Águida escutou tudo em silêncio. Diante da possibilidade, remota ainda, de saber do paradeiro de seu filho, de tê-lo de volta, emocionou-se fortemente.
Geraldo, levantando-se para consolar a esposa, desejou sucesso para a Operação Rômulo e Remo:
— Tomara que dê certo, filha!

À tarde, reunidos os membros da equipe, Flávia contou a história em detalhes. Aquiles tomou a dianteira:
— Vou entrevistar essa mulher! Quero ver se ela entrega ou não quem a forçou a doar a filha.
— Negativo, Aquiles! Quem menos pode aparecer é você.
— Doutor Pinheiro era de opinião que Marly, ou Flávia, deveria ir à casa de Roseli.
— E se formos as duas? — Flávia queria a outra a seu lado.
— Não vejo inconveniente... — Marly até gostava da ideia.
— Eu as levo até lá, então. Paro o carro nas proximidades, para não dar na vista, e fico esperando por vocês — Aquiles se ofereceu.

— Ótimo! — doutor Pinheiro concordou.

Antes de sair, o repórter perguntou sobre Margarete.

— Estamos investigando, Aquiles. Na Polícia Federal, ninguém entregou passaportes em branco, ou falsificados. A tese de devolução fica descartada, o que chama a atenção sobre Margarete. Tenho outras investigações em andamento, mas ainda não posso revelar quais são. Faz parte do sigilo policial.

Aquiles não teve dificuldades em achar a casa de Roseli. Ficava no fim da Vila Virgínia, um bairro pobre, de ruas esburacadas, com esgoto a céu aberto, na periferia da cidade.

— O endereço é aqui, meninas! Só que vou parar depois da esquina, para não chamar atenção. Vocês vão lá. Qualquer coisa, gritem. Estarei ligado em vocês.

As duas desceram do carro, voltaram meio quarteirão, chegaram à casa de Roseli José. Batendo palmas, foram atendidas por uma moça um pouco mais velha que Flávia, cabelos lisos, loira, um rosto redondo, perfil suave.

— Bom dia! É aqui que mora a Roseli?

— Sou eu mesma...

— Nós estamos trabalhando no hospital onde você teve sua filha... — Flávia dizia o que tinham combinado.

Roseli olhou-a sem dizer palavra, interrogativa.

— Você teve uma filha há pouco tempo, não teve? — Marly queria certificar-se de que estavam diante da pessoa certa. Roseli apenas assentiu com um movimento positivo da cabeça.

— E deu a criança, arrependendo-se depois, não? — Flávia deixou claro que estavam a par de tudo.

— Dei... quer dizer... é... eu dei... mas não me arrependi depois, não! Quem contou essa mentira? — Roseli mentia e Flávia e Marly sabiam disso.

— Não é o que a enfermeira-chefe e todo mundo lá do hospital têm dito. Dona Marziale contou que até veio a sua casa para ajudá-la, mas você tinha mudado de ideia. Por quê? Por quê, Roseli?

Novo silêncio entre as três.

— Quero falar nisso, não, moça! Já me magoei demais... Não tenho mais filha mesmo! — Roseli estava chorosa.

— Entenda uma coisa, Roseli. Nós sabemos o que aconteceu...

— Sabem? — Roseli queria acabar logo com aquele sofrimento. — Se sabem, não precisamos ficar conversando fiado no portão.

— Você deu sua filhinha porque alguém pagou, não é? Depois você se arrependeu. Mas foi pressionada, foi obrigada a calar a boca, não foi?

— E se tivesse sido? — Roseli afirmava, negando.

— Isso aconteceu com você, aconteceu com outras mães, Roseli. Estamos tentando descobrir quem está por trás dessas mulheres que se aproximam de vocês nas filas de ônibus, nas filas dos hospitais, que oferecem dinheiro em troca de seus filhos... — Marly explicava.

— Tem jeito, não, dona! Tá acabado...

— Mas nos ajude, pelo amor de Deus! — Flávia, quase chorando, via suas chances de obter a ajuda de Roseli se esvaírem como areia por entre seus dedos.

Sem dizer mais uma palavra, Roseli fechou o portão, entrando em sua pequena casa.

Desanimadas, as duas voltaram ao carro. Flávia chorava, consolada por Marly.

— Nada feito. Ela não quis colaborar... — Marly disse a Aquiles, que, descendo do carro, abraçou a namorada.

— Que coisa mais horrorosa, Aquiles! — Flávia soluçava, inconformada. — Entram em suas casas, roubam seus filhos e elas têm de se calar. Isso não é justo!

Aquiles deu-lhe um lenço. Os três entraram no carro, partindo dali como chegaram, sem nenhuma pista da quadrilha. A Operação Rômulo e Remo voltava à estaca zero.

36 AGINDO RÁPIDO

— Conseguiram, mano? — Vítor queria saber como fora a expedição à casa de Roseli.

Armando, que chegara de Araraquara, também queria detalhes da investigação.

— Negativo, gente! A mocinha não quis nem conversar direito com a Marly e a Flávia. Voltamos ao ponto de partida.

— Por mim, o doutor Pinheiro tinha que prender a Margarete e dar uma prensa nela. — Vítor insistia.

— Ele me falou que estão investigando. A viúva não entregou nenhum passaporte na Polícia Federal. Ele disse também que estão tomando umas providências importantes, mas não pode revelar nada por enquanto.

— E a Analu, como está em relação a você, Vítor? — Armando perguntou.

— Estamos nos entendendo melhor, mas ainda é cedo para ela voltar a ter confiança em mim...

No dia seguinte, Flávia, recuperando a vontade de continuar investigando, entrou em ação novamente. Faltara à escola para ficar a manhã toda no hospital, decidida a conseguir o que queria.

À sua frente, tinha agora duas mães jovens e solteiras: Wandeli, vinte e um anos, cabelos claros e pele branca, e Juliana, dezenove anos, clara também, mas com um ar mais seguro do que a primeira.

O esquema era o mesmo: preenchimento do questionário, bate-papo descontraído. De repente, sem que percebessem, Flávia colocou a questão do breve nascimento. Com quem deixariam o bebê? Doariam ou não a criança?

Juliana iria deixá-lo com sua mãe, que se prontificara a cuidar do neto para que a filha pudesse retomar o seu trabalho de faxineira. Wandeli, ao contrário, na sua vez de responder, ficou nervosa. Respondeu que não doaria o filho. Flávia, porém, notou que ela estava insegura. Insistiu, e recebeu uma resposta sincera:

— Eu vou dar minha filha pra uma mulher, mas... — E as lágrimas inundaram seus olhos claros.

— Mas... — Flávia, sem desviar o rosto, olhava firme para ela, encorajando-a a continuar.

— Eu não sei o que vai virar a minha vida daqui pra frente... — Wandeli enxugava as lágrimas com a manga da blusa.

Flávia sabia que estava diante de uma vítima da quadrilha. Em vez de prosseguir naquele momento, propôs a Wandeli continuar a conversa mais tarde, quando estivesse mais calma.

— Que tal na sua casa, Wandeli? Assim você poderá se abrir, colocar para fora essa angústia. Me dê seu endereço.

De posse do endereço da gestante, Flávia se comunicou com Aquiles e Marly.

— Precisamos ir à casa dela. Tenho certeza de que Wandeli nos levará à quadrilha.

— Tomara que ela não desista. — Marly torcia para tudo dar certo.

— Não podemos perder tempo. Precisamos agir rápido. Vamos hoje mesmo. Amanhã já será tarde.

Naquela mesma noite, depois do jantar, Wandeli recebeu Marly e Flávia em sua casa, na periferia da cidade. Aquiles, como na vez anterior, ficou nas imediações.

— Vamos entrar. Você disse que vinha e veio mesmo! — Wandeli surpreendeu-se pelo interesse de Flávia em conversar com ela.

— Wandeli, esta é a Marly, minha amiga. Tudo bem com você?

— Mais ou menos... Depois que eu estive no hospital, não passei muito bem o dia... Mãe, esta moça é lá do hospital... — Wandeli apresentou Flávia à mãe.

— Boa noite, moça! Espero que você dê bons conselhos pra essa desmiolada da minha filha. Não esquece de contar pra moça o que a mulher falou pra você hoje, viu?

— Tá bom, mãe. Agora deixa a gente conversar sozinha...

— Vou lá pra dentro fazer um café pras moças. Com licença!

— Wandeli, nós estamos aqui para conversar sobre o que você me disse no hospital.

— Bem... é que... — Wandeli estava inibida pela presença de Marly.

— Pode falar, não fique acanhada. Eu sou amiga, a Marly é amiga, queremos o seu bem e o do nenê...

— Eu sei disso. Deu pra perceber que você quer o bem das gestantes.

— Então, se abra com a gente...

— Eu caí na besteira de dar ouvidos a uma mulher. Ela me ofereceu dinheiro, se eu desse minha filha para ela. Agora eu não posso voltar atrás...

— Por que não?

— Porque ela... ela...

— Continue!... — Flávia ajudava as informações a nascer.

— Ela está me ameaçando. Só porque fez umas despesas pra mim, está me cobrando isso. Se eu não entregar a criança, diz que vai acabar com a minha vida, com a minha raça.

— Como é o nome dela? — Flávia queria vinculá-la à mulher que roubara seu irmão. — É Ester, por acaso?

— Teresa. Eu até soube de uma das moças aqui do bairro que levou a maior surra por ter rompido o trato. Depois, quando ela não estava em casa, entraram lá e levaram o bebê.

— Wandeli, temos uma proposta para fazer. Você quer pôr fim a essas ameaças, quer colocar essa mulher na cadeia? Você teria coragem de denunciá-la?

— Ter eu tenho. Mas e se depois eu acabar morta de tanta pancada?
— Não, não tenha medo. Vou contar quem nós somos na verdade. — E Flávia explicou o plano para desbaratarem a quadrilha. — Por isso, precisamos que alguém faça e mantenha a denúncia. A polícia está conosco e vai protegê-la. Para quando está marcado o seu parto?
— Da semana que vem o médico diz que não passa.
— Hoje é sexta-feira. Precisamos agir rápido. Vou falar com o meu namorado, que está aqui perto, para conversar com você. E vamos entrar em contato com o delegado para lhe dar proteção. O que você me diz?
— Se você me provar que não está mentindo, aceito denunciar a mulher que está me ameaçando.
— Ótimo! — Flávia e Marly falaram ao mesmo tempo, satisfeitíssimas, embora se contivessem para não assustar Wandeli.

37 FURO OS SEUS OLHOS E OS DE SUA FILHA

Wandeli ficou de se encontrar com todos no dia seguinte, sábado, na casa de Aquiles. Era preciso evitar que fossem à casa da gestante ou ao hospital, o que poderia alertar a quadrilha. Avisada, Rosana escalou Ratinho e Tadeu que, de boa vontade, mesmo em um sábado ensolarado, também compareceram.

À tarde, Marly e Flávia buscaram Wandeli. Foi um alívio geral quando chegaram. Todos temiam que Wandeli desistisse da denúncia.

— Atenção, editoria! Gravando entrevista com Wandeli dos Santos. *Wandeli* se escreve com W-A-N-D-E-L-I. Três, dois, um! — E Aquiles começou a reportagem. — Estamos diante de uma mãe solteira que tem sido pressionada por uma das integrantes da quadrilha de traficantes de bebês para doar a sua filha. Geralmente, as mães solteiras, mesmo arrependidas, evitam fazer denúncias, com medo de represálias. Wandeli resolveu ultrapassar essa barreira de silêncio. Wandeli, você está grávida de quantos meses?

— Estou de nove meses. Segundo o médico, não passa da semana que vem...

— O que tem acontecido com você? Querem comprar a sua filha, é isso?

— É. Uma mulher me ofereceu pagar médico, hospital e me dar dinheiro, se eu entregasse minha filha a ela.
— Qual o nome dessa mulher?
— Ela disse que se chama Teresa...
— E agora você está arrependida? — Aquiles ia conduzindo as respostas de Wandeli.
— Estou, mas ela me ameaçou, dizendo que, se eu não entregar a criança, eles me matam.
Wandeli chorou, Tadeu fechou com um *close* nos seus olhos vermelhos. Começava a ser desbaratada a quadrilha.

No domingo, Wandeli recebeu a visita de Teresa. Ela fazia questão de levar a gestante ao hospital, na semana seguinte, quando as dores começassem. Wandeli, fazendo o jogo dos integrantes da Operação Rômulo e Remo, estava dócil. Concordou com a mulher, sem se mostrar arredia ou agressiva. Convenceu-a de que não precisava se preocupar. Tinha pensado bem, não podia mesmo assumir a filha. Até agradeceu a mulher por arrumar uma família que ficasse com a criança. Diante disso, Teresa se convenceu.
— Mesmo porque, se você mudar de ideia, a ameaça continua de pé. Não brinque com fogo, se não quiser se queimar... Um passo em falso, e eu furo os seus olhos e os da sua filha. — A mulher fixou duramente o olhar em Wandeli, que sentiu um arrepio na espinha.

38 ESTÃO ROUBANDO MINHA FILHA!

O início daquela semana trazia um novo alento à família de Flávia.
— Estou rezando para que tudo dê certo. — Águida dizia ao marido, na segunda-feira.
— Vai dar, Águida! Eu também rezo e estou muito entusiasmado. Conversei com o doutor Pinheiro e ele me deu esperanças. Já tem informes precisos sobre Margarete. Falta somente ajuntar algumas provas importantes. Mas, com a denúncia de Wandeli, a quadrilha não escapa.
O esquema estava montado. Assim que Wandeli tivesse a filha, o hospital acionaria imediatamente a Operação Rômulo e Remo, deflagrando o plano minuciosamente traçado pelo doutor Pinheiro.

No meio da semana, Wandeli, como tinha previsto o médico, deu à luz uma menina. O delegado destacara duas investigadoras, uma para o andar onde estava Wandeli e outra para o berçário.

No dia seguinte ao parto, quando Wandeli teve alta, Aquiles estava a postos; ele e uma equipe de apoio, gravando uma entrevista com ela, numa sala reservada do hospital. O combinado com a mulher era entregar a criança nas proximidades do hospital.

— Como ficou estabelecido entre Wandeli, mãe que acaba de dar à luz uma menina, e Teresa, a mulher que quer roubar sua filha, Wandeli sairá daqui do hospital para se encontrar com ela na Praça Sete de Setembro, aqui perto. Vamos acompanhar, a distância, o trajeto que mãe e filha farão. Wandeli levará um microfone escondido, para gravar o diálogo que terá com Teresa. Lá na praça, disfarçados, policiais da Operação Rômulo e Remo darão cobertura à nossa reportagem.

No local combinado, Wandeli desceu de um táxi, encaminhando-se para um dos bancos, previamente designado por Aquiles. De onde Tadeu estava, escondido no coreto, poderia fazer tomadas muito nítidas.

Não demorou muito, uma Brasília azul, estacionada ali perto e já sob a mira dos policiais, aproximou-se lentamente. Uma mulher desceu do veículo. Trajava um vestido bem fechado com a barra abaixo dos joelhos, tinha cabelos pretos e compridos, amarrados em uma trança discreta. Usava óculos escuros. Qualquer pessoa juraria, se fosse chamada a depor, tratar-se de uma adepta de alguma seita evangélica, tal sua sobriedade no vestir. A Bíblia que trazia nas mãos tiraria qualquer dúvida. Dirigindo-se calmamente para o banco onde estava Wandeli, sentou-se ao lado dela e dirigiu-lhe a palavra. De longe, parecia conversar amigavelmente com a jovem mãe. Mas o diálogo que o microfone captava era completamente outro:

— Foi bom você cumprir o prometido, sabia?

— Que prometido? — Wandeli, instruída por Aquiles, procuraria conversar o máximo possível, adiando a entrega da criança.

— Não se faça de besta, menina! Eu paguei despesa, dei até dinheiro pra você...

— Até agora não vi dinheiro nenhum...

— O dinheiro está dentro da Bíblia. Depois você confere. Me dá a criança...

— Não. Quero conferir agora. — Wandeli sabia que precisava mostrar o dinheiro de forma bem visível para que Tadeu filmasse. Em termos de televisão, Aquiles dissera, imagem é tudo.

Enquanto isso, sem levantar suspeitas, Aquiles e a equipe de apoio chegavam à praça, Ratinho estacionando nas imediações uma Caravan sem o emblema da emissora. O câmera que os acompanhava procuraria pegar a cena de outro ângulo.

— Você é mesmo desconfiada, não é? Está tratando com pessoas honestas e fica fazendo drama... Confira, mas seja rápida...

Wandeli, segurando sua filhinha, contou as notas, uma a uma, mostrando-as disfarçadamente na direção do coreto.

— Está tudo certo? — a mulher insistiu.

— Sim, está. — Wandeli respondeu, mas devolveu o dinheiro. — Só que não vou mais dar minha filha...

— Como não?

— Eu me arrependi. Depois que vi minha filhinha, não vou mais dar ela... — E agarrou-se à pequena.

A mulher não quis discutir.

— Se você não me der essa criança agora, vou mandar aquele homem que está dentro da Brasília azul te dar a maior surra, levando a nenê na marra!...

Do coreto, Tadeu conseguia enfocar as duas, tendo a Brasília dentro do quadro, ao fundo.

— Pode chamar que eu não tenho medo... Não dou e pronto! — Wandeli estava firme, segura de si, irritantemente impassível.

Bastou a mulher levantar o braço direito para que o homem descesse da perua, aproximando-se rapidamente.

— O que está havendo? — Ele se aproximou, com ar agressivo.

— Pega a nenê na marra que ela não tá mais a fim de soltar a cria...

Com um safanão, o homem apossou-se da criança, empurrando Wandeli. Os dois se puseram a correr em direção à Brasília.

Wandeli correu atrás, gritando:

— Socorro! Socorro! Estão roubando minha filha!

---

39 DOUTOR, ESTAMOS NESSA DE PONTE

Ao alcançar a Brasília, uma surpresa esperava o casal. Encostado no carro, doutor Pinheiro impediu que eles entrassem no veículo.

— Socorro! Socorro! Estão roubando minha filha — gritava a mulher, desesperada.

— Mas que pressa, Fulaninho! Há tempos não conversamos. Desde quando você passou pelo meu distrito, a caminho da penitenciária de Araraquara, que sinto vontade de esclarecer um monte de coisas... — o delegado, irônico, dono da situação, dirigiu-se ao assustado parceiro de Teresa.

— Tamos limpos nessa, doutor! Aquela maluca roubou nossa filha. Para a minha Teresa ter a filhinha de volta não foi fácil.

— Fulaninho, pensando rapidamente, tentava inverter a situação.

— Pode ver que ela tem dinheiro dentro da Bíblia, doutor!

— Teresa tentava ajudar Fulaninho a convencer o delegado.

— Sem muita conversa. Jardim, pode algemá-los. No distrito, vamos ter muito o que conversar.

Flávia, Marly e Vítor aguardavam ansiosos o retorno dos integrantes da Operação Rômulo e Remo. Quando viram que chegava à delegacia um casal algemado, tiveram certeza de que o desfecho da caçada aos criminosos havia sido positivo.

Pressionado a confessar, Fulaninho, cujo nome era Cesário Ferreira, vinte e cinco anos, conhecido meliante, com uma invejável folha de serviços prestados contra a sociedade, manteve a boca fechada.

— Jardim, faça a enfermeira do berçário entrar.

Assim que Toninha, entrando na sala, olhou para a mulher algemada, não teve dúvida:

— É esta mulher, sim, doutor! Ela esteve lá no hospital com o nome de Ester e roubou o recém-nascido do 303.

Reconhecida, a companheira de Fulaninho começou a chorar. Seu verdadeiro nome, ela confessou, era Maria Custódio.

— Não adianta querer bancar o esperto, Fulaninho! Nós seguimos vocês a semana toda. Estamos sabendo que vocês foram duas vezes à casa de Wandeli, para pressionar a coitada.

— Doutor, estamos nessa de ponte — Fulaninho começou a dar o serviço.

— Eu sei que vocês só roubam os bebês. Mas para quem eles são entregues?

— É fora daqui. A gente entrega pra uma freira, num orfanato lá de Jardinópolis.

— Que orfanato?

— Chama Morada dos Anjos.

— Morada dos Anjos? — Aquiles olhou espantado para Ratinho e Tadeu. — Onde já ouvi esse nome antes?

— É aquele orfanato lá de Jardinópolis. Passamos perto dele quando fomos entrevistar o prefeito, lembra? — Tadeu avivava a memória de Aquiles.

— Então o orfanato existe? — Doutor Pinheiro queria confirmação.

— Existe, sim, senhor. Quem nos atendeu lá foi uma freira, com um ar até bem angelical. Nossa perua quebrou bem em frente ao orfanato.

— Mas, então... — Marly não entendia como uma freira pudesse estar envolvida com Fulaninho e sua companheira no roubo dos bebês.

— Deve ter sido enganada... — Flávia comentou com Marly.

— Só pode ter sido enganada — Marly corrigiu Flávia.

— Para quem ela ia repassar a filhinha de Wandeli?

— Ah, doutor, isso eu não sei. Meu negócio termina no portão, quando a gente entrega a criança.

— Como você conheceu a irmã?

Fulaninho contou que, ao fugir da penitenciária, conheceu a irmã na rodoviária de Ribeirão Preto. Ela, sabendo que ele estava desempregado, ofereceu trabalho no orfanato, pois precisava de alguém para fazer serviços gerais. Fulaninho aceitou na hora. Quem iria procurá-lo entre inocentes bebês, num orfanato, sob a proteção de uma religiosa?

Com o tempo, ganhando confiança da freira, Fulaninho entendeu que ali, naquele ambiente pacífico, havia uma fonte de lucro. Um dia trouxe um bebê para o orfanato. Deu a desculpa de que era de uma amiga que não podia sustentá-lo. Havia despesas, gastos com medicamentos, hospital, contas a pagar. A freira, caridosa, passou-lhe uma quantia, que Fulaninho aceitou de bom grado. Entre os dois, então, passou a existir um contrato silencioso, sem perguntas e respostas. Apenas um toma lá dá cá, bebê trazido, bebê pago.

A entrada de Teresa, ou Maria Custódio, não demorou muito. Antiga namorada de Fulaninho, não resistiu às pressões do namorado. Conforme disse, não queria fazer aquilo, mas foi pressionada por ele, a quem não queria perder.

— E o bebê roubado no hospital, vocês entregaram também na Morada dos Anjos?

— Que bebê?

— Não venha com conversa-fiada. Quero saber o destino deste bebê e o de São Joaquim da Barra. — Doutor Pinheiro deixava claro que negar era bobagem.

— Entregamos. Ele e o de São Joaquim nós entregamos para a mesma freira.

— E pra quem ela entregou meu irmão? — Flávia não conseguiu se segurar.

— Sei lá, mocinha! Já falei que meu trabalho termina no portão do orfanato.

— Calma, Flávia! Agora você precisa ter muita calma. — Doutor Pinheiro pediu com um gesto para que Marly a consolasse.

— Fulaninho, nesta lista estão faltando mais bebês. Pode dar o resto do serviço — o delegado voltou a interrogá-lo.

— Não tem mais, não, doutor.

— E as mães que vocês forçaram a entregar os filhos? Estou sabendo de todas elas. Não adianta querer mentir. Quer um exemplo? Roseli José, lá da Vila Virgínia... — Na verdade, o delegado só sabia o caso de Roseli, contado por Flávia.

— Tá bom, doutor. O senhor tá mesmo por dentro de tudo. Tem a menina dessa mulher da Vila Virgínia, um moleque lá dos Campos Elíseos e outro da Santa Cruz do José Jaques.

40 MAIS UM BEBÊ A SER NEGOCIADO

Após os depoimentos de Fulaninho e Maria Custódio, era preciso envolver a irmã do orfanato. Doutor Pinheiro já sabia que a Morada dos Anjos era usada simplesmente como fachada para a quadrilha, ou seja, um estabelecimento para desviar suspeitas policiais.

A maneira de envolver a freira era obrigar Maria Custódio a encenar a entrega de mais um bebê.

— Irmã, como vai a senhora? É a Maria Custódio, tudo bem? Estou telefonando para avisar que já estamos com a menina para a gente negociar.

— Negociar? Eu não gosto destes termos, Maria. Ainda mais por telefone — a irmã repreendeu.

— Mas, irmã — Maria Custódio seguia as instruções dadas pelo delegado —, o que temos feito não é isso, negociar bebês com a senhora?

— Mas eu não gosto deste termo. Como religiosa, como irmã de caridade, prefiro usar "ajuda às crianças necessitadas", "ajuda às mães carentes...".

Vendo que a freira não caía na armadilha, doutor Pinheiro, por sinais, exigiu que Maria Custódio cobrasse seu serviço mais caro dessa vez.

— Só que preciso de mais dinheiro agora, irmã.
— Como? — uma voz irritada quase gritou do outro lado da linha. Logo depois, abandonando o linguajar caridoso de freira, ameaçou, caindo na armadilha: — Eu sempre pago o justo pra ti, guria! Que história é essa de aumentar o preço?

— Ah, irmã, mas essa é uma guria pra ninguém botar defeito. Deve valer duas vezes o que a senhora paga para nós por cabeça...

— Só vou pagar o de sempre. Se me ameaçarem, acabo denunciando tu e teu comparsa à polícia. E aí o teu namoradinho, a quem ajudei quando fugiu da cadeia, vai amargar mesmo o gosto do xadrez. Tu é quem sabe! — A freira demonstrava que tinha os dois na palma da mão.

Quando Maria Custódio desligou o telefone, todos se entreolharam contentes, o cerco se fechava. Tudo fora gravado com perfeição.

— Agora é só prender a fera.
— Só não entendo como uma freira, uma irmã de caridade, pode fazer isso de maneira tão fria. — Flávia não acreditava no que ouvira. Nem Flávia, nem Aquiles, nem Marly, ninguém.

— Isso me intriga. Embora eu a tenha visto rapidamente, ela me pareceu tão amiga, tão sorridente... — Aquiles não compreendia.

— Aí é que está o mundo cão em que vivemos. E vocês vão se espantar muito mais...

— Como assim, doutor?
— Ainda não posso revelar o resultado das investigações que andei fazendo, Aquiles. Mas você logo ficará sabendo. — Doutor Pinheiro, com ar de quem sabia muito mais do que todos, manteve-se enigmático.

41 IRMÃ MARGUERITE, EXEMPLO DE TERNURA

Conforme Maria Custódio combinara, não demorou muito para chegar à porta da Morada dos Anjos. Como das outras vezes, apertou a campainha, sendo recebida pela freira. Entrou rapidamente no orfanato, levando a filha de Wandeli na cestinha.

— Veja, irmã! Que gracinha de menina!
— Realmente, uma graça! Que coisa mais fofa, santo Deus!
— A irmã voltara a ter a voz calma, tranquila, angelical. — Vamos entrando, Maria! Tu me espera, enquanto levo a guria para o berçário...

Maria Custódio caminhou para o jardim interno do orfanato. Tadeu lembrava-se vagamente que, quando a irmã abriu o portão para atendê-los, tinha notado bancos espalhados pelo jardim. O câmera propôs que a irmã fosse atraída para um deles. Por cima do muro seria fácil, escondido no meio das folhagens, filmar as duas. Com o microfone que Maria Custódio trazia sob a roupa, as filmagens ficariam tão nítidas quanto as já feitas no coreto da Praça Sete de Setembro.

Por isso, quando a irmã voltou, a companheira de Fulaninho, pretextando calor, sugeriu que se sentassem num banco do jardim.

— Realmente, anda muito quente aqui dentro — a irmã concordou. — Tu me disse que essa guria valia mais, mas... — a freira começou a negociar, assim que se sentaram no banco.

— Irmã, foi difícil conseguir essa menina. Eu não roubei, não, como a senhora nos ordenou. Deu um trabalho danado para convencer a mãe, que, na hora H, arrependida, não quis entregar a menina. O Fulaninho teve de dar uns tabefes nela, o que é arriscado demais.

— Trato é trato, Maria! Eu vou pagar pra ti só o combinado...

Maria Custódio exigiu aumento. Ameaçou parar com a entrega de bebês.

— Muito bem, se tu não quer continuar, basta um telefonema pra delegacia mais próxima. Fulaninho volta para a penitenciária e você também vai para a cadeia. A escolha é sua.

— Mas aí quem vai junto é a senhora, pois vou denunciá-la.

— Minha cara guria, quanta ingenuidade! Tu, então, acha que o delegado acreditaria mais em ti e Fulaninho, dois desclassificados, dois perigosos facínoras, do que em irmã Marguerite, exemplo de ternura e de amor às crianças? Ora, vamos!

— Pois eu acredito na palavra de Maria Custódio, irmã!
— uma voz surpreendeu a freira.

Voltando a cabeça na direção da voz, ela viu um senhor loiro, de terno, corpo avantajado. Dobrando a lapela do paletó, ele mostrou o distintivo policial.

— Que tal se a senhora também passar uma boa temporada na cadeia?

— Mas... mas... o que é isto? O que está acontecendo? — A irmã, assustada, ainda tentaria desconversar: — Deve haver algum engano.

— Isto é o fim, Honorina Vitória! Você está presa em flagrante.

— Honorina Vitória? — Maria Custódio surpreendia-se com o nome pelo qual o delegado chamava irmã Marguerite. Isso confirmava o que o delegado já sabia. Como medida de segurança, um membro conhecia muito pouco o resto do grupo.

— Então ela não é freira coisa nenhuma, doutor? — Aquiles se aproximava.

— Não. Dependendo do lugar onde age, ela se chama irmã Marguerite, ou Isabel Martins, ou Márcia Silva. Mas o verdadeiro nome é Honorina Vitória, trinta e quatro anos, paranaense. Foi incriminada em dezenas de processos por tráfico de bebês. Fugiu da prisão de Porto Alegre...

— Como o senhor conseguiu todas estas informações, doutor? — Aquiles, chegando junto ao delegado, demonstrava sua surpresa.

— Nós da polícia, meu caro, pode parecer que não, mas somos organizados, unidos. Basta um telefonema, um telex, um fax. As notícias correm. Ainda mais quando se tem um prontuário tão recheado como o dessa mulher. — Doutor Pinheiro explicava enquanto se preparava para colocar as algemas na falsa irmã.

— Por favor, doutor! Algemas não... — a traficante pediu, humildemente.

— Concordo, mas com uma condição. — Doutor Pinheiro queria mesmo negociar. — Você não está sozinha nessa. Quero o nome da chefe da quadrilha.

— O senhor, falando no feminino, demonstra saber quem é. Se conseguiu chegar ao meu prontuário, deve saber muito bem de quem se trata.

— Sim, sei! Mas quero o seu depoimento, denunciando-a formalmente. Não, não adianta querer negar! — O delegado, diante do gesto negativo da irmã, foi incisivo: — Ela já está sob nossa mira há tempos. Você sabe que uma colaboração pode ser usada a seu favor no tribunal.

— Mas... mas... o que é isto? — muito nervosa,
a irmã tentava entender o que estava acontecendo.

42 REESCREVENDO O *AURÉLIO*

No orfanato Morada dos Anjos, quando da prisão de irmã Marguerite, ou seja, de Honorina Vitória, havia dois bebês. Um deles era o menino de São Joaquim. O outro era uma menina, filha de uma jovem mãe solteira de Cravinhos, cidade próxima a Ribeirão.

— E o Bruno Eduardo? — Flávia perguntou, desesperada, assim que Aquiles acabou de entrevistar a falsa irmã.

— Quem é esse, guria? — Honorina Vitória perdia o sotaque postiço.

— Meu irmão, roubado do hospital.

— Sei lá pra onde ele foi... — A mulher queria se ver livre do olhar fulminante que Flávia lhe disparava.

— Honorina, acho bom você colaborar. Você vai dizer não só onde está o bebê roubado no hospital, mas vai dar conta de mais três bebês trazidos por Maria Custódio e Fulaninho.

— Um deles foi levado por um casal de Milão, na Itália. — Honorina desistira de mentir. — Os outros dois foram levados por dois casais de Paris.

Vítor, que escutava a conversa, não disse nada. Mas quando a falsa freira falou em Milão, em Paris, vieram-lhe à mente os bebês do seu pesadelo.

— Vou para Paris, tirar ouro do nariz! — sem querer, ele murmurou, sentindo um arrepio percorrer seu corpo.

— Para quem você ia entregar o que roubaram em São Joaquim e esta menina de Cravinhos?

— O de São Joaquim ia ser entregue a um casal de israelenses, que deve chegar semana que vem ao Brasil. A menina ia para os Estados Unidos.

— E esta menina que Maria Custódio trouxe hoje?

— Provavelmente iria pra Israel também.

— E o Bruno Eduardo? — Flávia insistia.

— O do hospital foi entregue a um casal de italianos.

— Ele foi para a Itália? — Flávia não conseguia conter o choro.

— Não. O casal ainda está no Brasil, morando aqui perto de Franca. Tenho o endereço deles no escritório...

— Me dá esse endereço que eu vou atrás deles. — Flávia não podia esperar mais.

— Isso mesmo. Não podemos perder tempo.
— Flávia, Aquiles, quero que vocês se limitem a seguir ordens. Estou no comando da operação. Um passo em falso e vocês colocam tudo a perder. Enquanto não prendermos a chefe da quadrilha, não podemos nos arriscar. Tenham paciência! — O delegado precisou ser enérgico para acalmar a ansiedade de Flávia e Aquiles.
— O senhor tem razão.

De posse da denúncia gravada, a comitiva policial e os outros rumaram para um endereço que Vítor conhecia muito bem: o apartamento de Margarete Dias.

Ela não estava. Segundo a empregada, saíra com Cristiane e Aninha para entregar umas encomendas de congelados. Aproveitariam para passar em um supermercado, mas não demorariam.

— Vamos esperar aqui dentro, senhorita! — Doutor Pinheiro identificou-se. — Não se preocupe. Pode ir lá para dentro.

Em seguida, o policial checou se os carros, tanto da polícia como da TV Ribeirão, estavam longe da porta do prédio.

— Jardim, você parou o carro onde?
— Virando a esquina, doutor!
— Eu também deixei a perua no outro quarteirão — Ratinho afirmou para o delegado.
— Essa mulher é um verdadeiro quiabo. Se ela desconfiar de alguma coisa, nós a perdemos. No Sul do país, ela conseguiu escapar de vários cercos.
— Há um certo tempo que o senhor a investiga e, por motivos de segurança, não nos tem dito nada. Agora que ela está para ser presa, podemos saber o que o senhor obteve nas investigações? — Aquiles traduzia a ansiedade de todos.
— Tudo bem. Não há mais razão para segredos. O Vítor tinha razão em suas suspeitas. Nós grampeamos o telefone dela e conseguimos as transcrições telefônicas de suas conversas. Nos telefonemas, muitos para países europeus, o assunto de sempre: tráfico de bebês.

Margarete não demorou muito. Quando entrou no prédio, um investigador, na portaria, interfonou avisando que ela estava subindo.

— Tadeu, quero que você registre a voz de prisão quando ela entrar. Mas evite filmar a Ana Luísa e a amiguinha dela. Quero resguardar sua privacidade.
— Estamos a postos, doutor!

A primeira a entrar no apartamento foi Margarete. Vinha carregada de pacotes:

— Quem são os senhores? — espantou-se com tantas pessoas na sala do apartamento.

— Policiais. — Doutor Pinheiro virou a lapela do paletó, mostrando o distintivo. — Dona Margarete, a senhora está presa.

— Mas isso é um absurdo! — Ela tentou sorrir, largando os pacotes das compras sobre a mesa da sala. — Deve estar havendo algum engano...

Ana Luísa e Cristiane, que a acompanhavam, ficaram estáticas, surpresas com a ação dos policiais e com a luz forte emitida pela filmagem.

— Acusações: roubo de pelo menos dois bebês, fora o constrangimento a inúmeras mães solteiras e mais formação de quadrilha com o fim de roubar e traficar bebês, vendendo-os para casais estrangeiros.

— Ora, delegado, o senhor está confundindo as coisas. O que faço é dar assistência a mães solteiras. "Vender" é um termo muito forte. Prefiro falar em ressarcimento de despesas. E, depois, os bebês são adotados em solo do Brasil por pais de outros países. Sou apenas uma intermediária nos negócios, como tantas entidades brasileiras e estrangeiras. Se o senhor entende de leis, vai concordar que não cometo crime algum.

— Ah, sem dúvida, senhora! Mil perdões... — Doutor Pinheiro percebia estar diante de uma mulher esperta, que sabia usar as leis a seu favor. Irônico, continuou: — "Ressarcimento de despesas"! Que palavras bonitas para significar "roubo de crianças". Vendê-las por oito, dez mil dólares ou mais passou a se chamar "ressarcir despesas". Precisamos reescrever o dicionário *Aurélio*, sabia? Aliás, será uma boa leitura para seus dias de penitenciária, Arlete Hilário!

— Arlete Hilário? — Cristiane e Ana Luísa perguntaram, entreolhando-se.

— Ou será mesmo Margarete Dias? Na verdade, a senhora tem vários nomes, não? Helena Klein, Margarete Dias, Arlete Hilário, Susana Shultz. Precisamos reescrever também as certidões de nascimento, não é?

O verdadeiro nome de Margarete Dias e que todos ficavam sabendo naquele momento era Arlete Hilário, quarenta anos.

Como sua comparsa Honorina Vitória, era também proprietária de um prontuário recheadíssimo, sempre relacionada ao tráfico de bebês no Sul do país.

— Para clarear sua memória, que tal dar uma olhadinha neste pequeno trecho da entrevista que fizemos com uma pessoa que a senhora conhece muito bem? — Doutor Pinheiro solicitou a Jardim que acionasse o vídeo previamente colocado no videocassete da sala.

Quando a imagem de irmã Marguerite explodiu na tela, Arlete não tinha mais como negar sua implicação. Chorando, Cristiane se abraçou a Ana Luísa, as duas se sentando no sofá. Vítor aproximou-se da namorada.

Tadeu caprichava nas imagens que sairiam logo mais à noite, no jornal da região. E terminou justamente quando as algemas eram colocadas em Arlete Hilário.

Assim que ela, sem olhar para ninguém, cabeça baixa, deixou a sala, Vítor consolou a namorada:

— Analu, venha, vou levá-la para casa.

— Não, eu não tenho casa!

— Venha para minha casa. Mamãe e papai terão muito gosto em recebê-la. Você fica lá, até que seus pais a recebam de volta. Depois eu passo na pensão para pegar suas coisas.

— Não há volta, Vítor! — Ana Luísa, olhar vago, estava desconsolada.

— Há sim, Aninha! — Cristiane não sabia o que dizer à amiga, já que se sentia culpada por ter apresentado Margarete. — Depois que souber o que aconteceu aqui, seu pai vai mudar de opinião. Tenho certeza!

— A Cris tem razão. Depois de hoje, tudo vai mudar. Sei que está sendo um baque duro saber quem na verdade é esta mulher. Mas seus pais também vão ver como estavam errados, mandando você embora. Vem, vamos lá pra casa...

43 BRUNO EDUARDO NA ITÁLIA

À noite, quando as imagens feitas pela manhã e à tarde foram ao ar, mostrando o que já tivemos a oportunidade de acompanhar, houve sentimentos de espanto, surpresa, ódio, medo e reconciliação.

Espantados e surpresos ficaram todos os que conheciam Margarete, ou seja, Arlete Hilário, como pessoa bondosa, dedicada às crianças, amiga de mães necessitadas. Principalmente Cristiane e os pais de Ana Luísa, além de outras amigas que acompanharam seu drama particular.

Ódio foi o sentimento de todos aqueles que conhecem muito bem o que há por trás de adoções ilegais: dinheiro, roubo, choro, lucro alto para os quadrilheiros.

Medo sentiram os pais que adotaram crianças vindas da Morada dos Anjos. Entre eles o casal de italianos, Paolo e Angelina.

— *Non voglio perdere Sandro!* — Angelina dizia ao marido, assim que ouviu o relato de irmã Marguerite na TV, que não queria perder Sandro. Desesperada, correu ao quarto do filho. Ali, docemente entregue ao sono feliz da infância, entre os lençóis limpos e cheirosos, Sandro, que já tivera também o nome de Bruno Eduardo, repousava inocentemente, alheio a sua sorte.

O instinto de proteção fez com que Angelina o pegasse no colo, embalando-o carinhosamente e levando-o ao encontro do peito. Soluçando, a mãe adotiva olhava o rostinho fino de Sandro, dizendo, entre lágrimas, que não deixaria que o levassem.

Paolo aproximou-se dela. Abraçando-a, o marido olhou com amor para o pequenino Sandro.

— *Sapevo che sarebbe finita così...* — Paolo sussurrou que sabia que as coisas terminariam assim.

— *Paolo, nessuno mi ruberà mio figlio!* — Angelina quase gritava que ninguém roubaria o seu filho.

— *Stai calma, Angelina! Cerchiamo di stare calmi.* — Paolo dizia que era preciso manter a calma.

— *Scappiamo, Paolo!* — Ela, no desespero, propunha, entre outras soluções, que fugissem.

— *No, non è possibile, Angelina! Fra poco la polizia sarà qui... Anche gli aeroporti saranno già chiusi.* — Paolo, realista, dizia que para a polícia bater à porta deles era questão de tempo. Certamente, os aeroportos já estariam fechados.

— *Io vado, io vado! Parto adesso per São Paulo. Di là, prendo un aereo per l'Italia o per un altro paese.* — Angelina, fora de si, tomava a decisão de partir naquela hora, pegando um avião para a Itália, ou para qualquer país.

Não esperou que o marido dissesse "sim" ou "não", começou a arrumar as malas.

Enquanto isso, na casa de Ana Luísa, o sentimento era de reconciliação. Assim que Gonçalo e Julieta viram o noticiário, o sentimento mais forte que tomou conta do pai da namorada de Vítor era o de ter sua filha de volta.

— Tá vendo o que dá ser cabeça-dura, Gonçalo? — Julieta quase explodiu, demonstrando o ódio que sentia pela vizinha de Cristiane.

— Vamos buscar a Ana Luísa, Julieta.

— Mas o que deu em você de repente, Gonçalo? — Julieta finalmente escutava o que há tempos queria ouvir.

— Que Deus me perdoe ter demorado tanto para tomar essa decisão, a de aceitar minha filha e o netinho ou netinha que vem por aí...

Neste instante, tocou o telefone. Era Ana Luísa, que, incentivada por Marisa, mãe de Vítor, dava notícias.

O reencontro com os pais, na casa de Vítor, não foi fácil.

— Filha! — Gonçalo chamou-a carinhosamente, embora sem jeito, assim que se viram frente a frente. — Seu coração tem lugar para perdoar um pai e um avô desnaturado?

— Avô? — Ana Luísa não tivera tempo de pensar na ideia de que seu pai seria avô.

— É, um avô desnaturado e antigão.

— Se perdoo? — Ana Luísa, que sempre sentiu saudades de casa, apesar da incompreensão paterna, não conseguiu dizer mais nada. Recebeu o abraço forte do pai e da mãe e começou a soluçar de mansinho.

---

44 OUTRO REENCONTRO

A mulher de Paolo, nem bem começara a arrumar apressadamente as roupas de Sandro e as suas, ouviu a campainha tocar.

— *Non andare a vedere, Paolo! Sarà la polizia* — nervosa, ordenou ao marido que não atendesse, com medo de ser a polícia.

— *Se è la polizia, è finita... Sapranno già che siamo nel palazzo, avranno visto la nostra macchina nel garage. Il portiere gli avrà detto che siamo qui. È meglio che gli parliamo. Cerchiamo di spiegargli, altrimenti sarà peggio.* — Paolo sabia que seria inútil não atender à porta. Se fosse a polícia, saberiam que estavam em casa por causa do carro na garagem, e o porteiro já os teria denunciado. Ele preferia conversar com os policiais a complicar-se mais ainda.

Era a polícia, juntamente com Geraldo e Águida, Aquiles e a equipe de televisão. Não foi difícil para Águida reconhecer o filho.

— Ah, filhinho! Que emoção! — amparada pelo marido, conseguiu dizer. As lágrimas brotaram fortes, inundando os olhos, assim que, entregue por doutor Pinheiro, Sandro, quer dizer, Bruno Eduardo, veio para seu colo.

— Coisinha mais fofa da Flavinha! — A irmã também estava em lágrimas, acariciando o bebê.

Foi um momento dramático para todos. Angelina e Paolo choravam, pois sabiam que perderiam o filho adotivo, por quem já tinham um grande amor. Por outro lado, os pais de Bruno Eduardo choravam de felicidade por terem achado seu filho e pela certeza de que sairiam dali com ele.

Outra mãe feliz era dona Maria de Paula, da cidade de São Joaquim da Barra. Seu filho já lhe fora entregue são e salvo. Para que os outros bebês fossem devolvidos, o processo era mais complicado, pois haviam sido levados para outros países.

---

45 ENCONTRO DE PAIS E FILHOS ADOTIVOS

Meses depois, em outubro do mesmo ano desses acontecimentos, na semana da criança, Marly e a equipe de adoção davam andamento aos últimos preparativos para o tão sonhado Encontro Nacional de Pais e Filhos Adotivos, o ENPAFA.

Aquiles e Flávia fizeram questão de ajudar em tudo. Vítor e Ana Luísa, já casados, também se dispuseram a colaborar, mas, como ela estivesse em estado adiantado de gravidez, ficou mais na torcida. Com o casamento, cuja cerimônia fora bem simples, restrita aos amigos e parentes mais chegados, os dois haviam superado os problemas vividos. Vítor não havia abandonado a ideia de prestar Medicina e estudava muito.

Aquiles tentara autorização de sua chefe para cobrir o evento. Mas, inexplicavelmente, Rosana fora contra.

— Herói Grego, mamães e bebês adotivos não são motivo para uma reportagem. Isso constrangeria as mães que adotaram, as que doaram seus filhos, e exporia os próprios adotados.

O reencontro de Bruno Eduardo com a família foi cercado de muita emoção.

Não adiantou dizer que o encontro era às claras, que os adotados tinham consciência de sua situação.

— Negativo! Não vamos cobrir troca de fraldas e cueiros. — A chefe se mostrava ríspida.

Chateado por não poder registrar o encontro, Aquiles ficou muito emocionado, porém, ao estacionar o carro na frente da Sociedade Recreativa, um clube da cidade, quando viu uma faixa que atravessava uma das pistas da avenida:

BEM-VINDOS, PAIS E FILHOS ADOTIVOS!

Flávia, ao lado do namorado, olhando para trás, comentou com Vítor e Ana Luísa que não sabia da faixa.

— Sabem que até pensei que seria importante colocar uma faixa? Mas aí me envolvi com outras coisas e esqueci. — Aquiles disse ao desligar o motor do carro.

— Mas a turma da Marly é de esquecer, mano? Tá aí, ó! Eles têm fôlego de gato.

Na entrada do clube, Marly recebia os convidados, enquanto voluntários distribuíam crachás aos participantes. Os pais adotivos recebiam crachá vermelho, enquanto os filhos adotivos, um verde. Os demais participantes recebiam crachá branco.

Aquiles fez questão de ostentar o crachá verde, que, segundo Marly, representava a esperança que os adotandos tinham no novo lar. Vítor, para surpresa de Ana Luísa, quis um crachá vermelho.

— Esse é de pais adotivos, Vítor! — ela corrigiu.

— E o que sou deste filho que está em sua barriga? No primeiro momento, eu o rejeitei. Com o tempo, porém, o fui adotando. Portanto, sou pai dele duas vezes.

Ana Luísa achou carinhosa a explicação e o beijou ternamente.

Assim que recebiam o crachá verde, os filhos adotivos eram encaminhados a entrar por uma porta lateral, enquanto os pais aguardavam a abertura da porta principal do salão de festas.

Quando ia se dirigindo para a porta lateral, Aquiles teve uma surpresa.

— Ratinho, Tadeu, o que vocês fazem aqui? — Ele encontrou os companheiros de trabalho, que, em vez de cumprimentá-lo, se posicionaram para filmá-lo.

— Surpreso, Herói Grego?

— Bem... a emoção é muito forte... eu...
— no papel de entrevistado, o repórter não conseguia coordenar as ideias.

— Rosana, você?... — Sua surpresa era ainda maior ao ver sua chefe. — Não entendo, Rô! Você mesma disse que o encontro não valia nem uma chamadinha...

— O encontro, na verdade, merece um bloco todo. E como meu repórter especial para tráfico de bebês não podia dar esta notícia, fazer esta matéria...

— Não podia? Você é quem se recusou a...

— Não me interrompa, malcriado! Como o meu repórter não podia dar esta notícia porque hoje ele é notícia, vim eu mesma!

— Eu, notícia?

— Ora, o encontro não é de pais e filhos adotivos?

— É, mas... e daí?

— Daí que o filho adotivo mais importante para nós e para os telespectadores é você, seu bobo! Vamos lá, Tadeu? Atenção, editoria! Gravando entrevista com o boquiaberto Aquiles. Aquiles, você que já entrevistou centenas de pessoas, qual a emoção que sente agora, você que é, para o telespectador, um filho adotivo muito especial?

— Bem... a emoção é muito forte... eu... eu... — De repente, deu em Aquiles o que todo entrevistado mais odeia, um terrível "branco". Ele, tão íntimo das palavras, ficou perdido, como se quisesse catá-las no ar. — Bem, eu sinto que... — Corta, corta, Tadeu! — Aquiles, emocionado, não conseguia dominar as palavras.

— Vá em frente, Aquiles. Depois a gente corta, emenda, ajeita na edição. O importante é você passar essa emoção que está sentindo. Se engasgar, se ficar com a voz embargada, tudo bem. O telespectador quer ouvir o entrevistado, não o repórter — Rosana pautou a fala dele. — Vá em frente!

Enquanto Aquiles, voz embargada, emoção à flor da pele, se enroscava nas palavras, Marly e Ênio, abrindo a porta, convidavam os pais a entrar no salão. Postados em círculo na entrada, uma fila integrada por filhos adotivos de todas as idades, reunindo bebês de colo, crianças, jovens e até adultos, recebiam seus pais com flores.

Uma salva de palmas e muita emoção davam início àquele primeiro encontro de pais e filhos adotivos.